图书在版编目（CIP）数据

往复书简 / (日) 湊佳苗著 ; 丁世佳译 . -- 北京 : 北京联合出版公司 , 2018.5
ISBN 978-7-5596-1803-0

Ⅰ . ①往… Ⅱ . ①湊… ②丁… Ⅲ . ①推理小说 – 日本 – 现代 Ⅳ . ① I313.45

中国版本图书馆 CIP 数据核字 (2018) 第 044742 号

往復書簡（湊かなえ著）
OUFUKU SYOKKAN

Original Japanese edition published by Gentosha, Inc., Tokyo, Japan
Simplified Chinese edition is published by arrangement with Gentosha, Inc. through Discover 21 Inc., Tokyo.

版权合同登记 图字：01−2018−1830

往复书简
作　　者:〔日〕湊佳苗
译　　者: 丁世佳
责任编辑: 孙志文
特约监制: 赵　菁
产品经理: 杜　思
特约编辑: 杜　思
封面设计: COMPUS · 汐和

北京联合出版公司出版
（北京市西城区德外大街 83 号楼 9 层 100088）
三河市冀华印务有限公司印刷　新华书店经销
字数 145 千字　880 毫米 ×1230 毫米　1/32　7.5 印张
2018 年 6 月第 1 版　2018 年 6 月第 1 次印刷
ISBN 978-7-5596-1803-0
定价：36.00 元

湊かなえ

往复书简

〔日〕湊佳苗——著　丁世佳——译

北京联合出版公司
Beijing United Publishing Co.,Ltd.

目录 | CONTENTS

十年后的毕业文集

§1

谷口杏实小姐惠鉴：

近日阴雨连绵不绝，不知你过得如何？

上个星期的结婚典礼真的太美好了。小静的和服跟公主（是月姬吗？）一样，真的好漂亮。广播部的同伴们也重聚一堂，好令人怀念。

结婚典礼的照片今天冲洗出来了，一并寄给你，很多张吧。我一面努力分着照片，一面心想要是交换电邮，传送档案的话就轻松多了，但我这个只会播音的机器白痴还是一点也没变——连电脑都没有。

给负责剧本的阿杏你写信让我有点紧张，要是有什么表达不周的地方就请你看在喜事的分上，宽宏大量，多多包涵。

话说广播部的同学有多少年没有聚在一起了？拿我举例，我是从高中毕业之后就没见过，已经十年了呢。都是因为同一个社团的老同学结婚，这才能够重聚。而且还是社长浩一跟副社长小静，大家才回到乡下小镇去。六月第一个星期六，几乎全员到齐，这都拜他们两人的品德所赐。

既然这样，就千秋一个人没来真是太遗憾了。

说实话，第一眼看到喜帖的时候吃了一惊。浩一跟小静要结婚？

你还记得吗？一年级的夏令营，采访岬岛夏日祭典的时候，在岛上的民宿过夜时的事。阿杏、小静、千秋跟我，四个人都说了自己喜欢哪个男生，不是吗？结果大家喜欢的都是浩一。气氛真是非常之尴尬。但是千秋提议说："既然如此，我们四个人就堂堂正正一决胜负吧！要是大家都失败，就开个惋惜大会。要有谁成功了，其他三个人就坦然祝福。如何？"我们都同意了。

结果是第一个去告白的千秋虏获了浩一的心。

什么都没做就失恋了，我虽然很懊恼，但心里觉得结果本来就会这样。因为千秋是我们四个人里长得最漂亮的，跟高大英俊的浩一站在一起真的非常相配。我们三个失恋者按照约定热诚地祝福了他俩，他们吵架我们也一天到晚做和事佬。

阿杏你在二年级的秋天替他们俩写了广播剧的剧本不是

吗？“我打从心底里爱你。跟我永远在一起好吗？”连这种台词都有。

那时文哉负责导演跟音响效果，良太负责录音跟剪辑，小静是制作助理，浩一、千秋和我播音演出。大家各司其职，通宵准备，要在校庆的时候现场表演。结果浩一当天竟然耍赖：“这样太丢脸了啦。”这出剧最终还是没能在全校师生面前播出，但那仍然是一段很愉快的记忆。我到现在还记得最后的旁白。

两人的爱将持续到永远。

他们的爱是什么时候结束的呢？一直到毕业都还在一起吧。我知道高中时代的男女朋友能够一直维持到结婚真的很罕见，也明白打探别人的隐私不是什么好事。我想就算千秋来参加了婚礼，一定也不会有芥蒂。要是能知道她缺席的理由就好了……

而千秋，竟然下落不明。

我六年前结婚后，立刻跟丈夫一起到海外赴任，因为是非常偏僻的地方，就断了音信。要是你有千秋的消息，请务必告诉我。

静候回音。

高仓悦子 谨启

小悦：

你好吗？谢谢你的信跟照片。我已经不知道多少年没收到过信了。

跟小悦虽然十年没见，但完全不觉得像是有那么久，聊以前的事聊得好开心。听说你跟大上一轮的公司高级主管结婚了，以为你会变成那种有钱的贵妇，本来有点担心的，结果你还是以前的小悦，我真松了一口气。

对了，小悦你变漂亮了呢。完全不是以前一头乱发、戴着黑框眼镜的样子。进入婚礼会场的时候，我还心想那是谁啊。所以果然是贵妇呢。你穿的洋装是菲拉格慕的吧。当时没注意到，看你寄来的照片觉得衣服好像在哪里看过，翻了上个月的时尚杂志看到了同款，真是太赞了。

接下来进入正题。

浩一的对象不是千秋而是静香这件事，小悦你高中毕业就去了东京，所以对你来说可能很意外，但对留在老家的我来说并没什么好惊讶的。小悦一定是看着浩一跟千秋的热恋时期，然后时间就停止在那个点上，所以多担心了。

浩一、千秋跟静香毕业以后都去关西了，不是吗？因为不是很远，三个人在盂兰盆节[1]跟新年的时候都会回来。虽然不

1　阴历七月十五日，又称中元节，是返乡祭祖的日子。

是每次都见面，但是可以感觉到他们之间的氛围慢慢改变了。

但是我知道的事情可能跟小悦你是差不多的。

我跟千秋从高中毕业后第一次能好好聊天的重聚是在五年前的夏天。我跟回家探亲的千秋和静香三人小聚，报告彼此的近况。不知怎的就想起了一年级时的夏令营。

我从短大[1]毕业以后就在邮局上班，偶尔在窗口见到大家的妈妈，会讲些最近跟男朋友分手啦之类的闲话。静香大学毕业后到大阪的食品公司上班的第二年，因为商品不实标示的问题忙得要命，抱怨根本没时间交男朋友。千秋专科毕业以后，进入神户的模特儿经纪公司，当服装目录的平面模特儿，似乎是最愉快的。

那个时候千秋好像还在跟浩一继续交往。浩一大学毕业后在大阪的制药公司上班，所以两人应该没有距离的问题。我跟千秋说："你们怎么不一起住呢？"她回我说："那样就不能玩了啊。"我觉得除了浩一以外，她可能还有别的男朋友。千秋从高中的时候就很花心的。

所以，在这五年之间两人分手也就不奇怪了。

话说，小悦跟我在高中的时候都在跟别的人交往啊。小悦你也跟同社团的同学交往过，但最后并没有结婚，所以应该明白这种事不用太担心的啊。良太不愧是负责图像处理的，拿着摄影机、照相机到处跑，几乎没有坐下来过，但他也跟你非常

1 日本短期大学，一般为两年学制，毕业后被授予副学士学位，主要为社会培养大批中等技术人才。

亲热地说了话呀。

我倒是想知道小悦为什么跟良太分手。果然是因为距离的缘故吗?

话说回来，那次夏令营的时候，虽然我们四个人都说了自己喜欢的对象，但认真回答的就只有千秋和静香吧。我们猜拳决定坦白的顺序是我、静香、千秋和小悦。

其实那个时候我并没有喜欢的人，心想浩一等于是大家的偶像，说他应该没错。然后静香就说:“阿杏你也是?”千秋说:“情敌也太多了吧。”小悦你说:“那我也选浩一。”当时情况是这样。你用“那我也”这种句子应该是喜欢跟着大家一起凑热闹，真是符合你的个性。

但要是顺序改变，我也会这么说的。

你开始跟良太交往是在制作广播剧的时候吧。你们两个人常常一起剪辑到三更半夜。现在提起来好像是马后炮，但小悦你是机器白痴，甚至会不小心把采访回来的数据消除，剪辑工作到底能帮上什么忙呢?对于写剧本的我来说，作品没有公开的确很可惜。要是结婚的是浩一和千秋，就算他们反对我也一定要在婚宴上播放，好好热闹一下。

虽然那部作品没有公开，但高三那年夏天《松月山•月姬传说》获得全县竞赛纪录片类第三名，公开上映(番外篇被剪掉就是了)，所以终究还是不错的。毕竟副部长静香为这部作品拼尽了全力。

静香跟浩一结婚或许是拜那时候所赐。你记得我们去拍纪录片的时候，松月山顶不是有个祠堂吗？

那个无聊的小镇唯一美丽的故事——战国时代的“月姬传说”。

如果半夜在松月山顶的祠堂许愿，直到走到山脚下的大松树之前都不开口的话，恋情就能圆满，静香应该是做到了吧，我们四个人轮流许了愿，本该保持沉默下山的，但小悦中途说了一句“星星好美啊”，我顺口答了一句“真的呢”，千秋哈哈笑出了声，最后只有静香一人始终没有出声，一定是许了关于浩一的愿望吧。然后愿望实现了。

而且我觉得比起像千秋那样引人注目的女孩子，静香这种稳重型的反而适合浩一。静香绝不会劈腿吧。我觉得这样很好。

是文哉跟你说千秋下落不明吗？他之所以加入广播部就是因为喜欢侦探推理之类的东西。他常常把“调查真相、追究到底”之类的话挂在嘴上。这种含混不清的说法让小悦你担心了。

我想没联络上千秋应该不是她本人发生了什么事，而是她的爸妈因为工作关系搬离这里的缘故。我之所以知道大家的近况，是因为大家的爸妈都还住在镇上。

我不知道小悦你的电邮跟手机号码，连地址都是在婚宴的时候才问到的，而且那还是你回国的临时住所对不对？住在国外的时候，需要有人在国内把邮件集中起来转寄过去。静香给小悦的喜帖也是问了你住在老家的母亲才寄到的。要是没有老家的话，小悦你这十年也等于下落不明了。

所以千秋的事不用太过担心，不是吗？

已经好久没有手写这么多字了，不禁让我想起写剧本的时光，真是很愉快。对了，你记得这套信封信纸吗？这是你送我的生日礼物。一直住在老家，虽然常常觉得很郁闷，但很多老东西都可以保存下来。广播部的活动记录也都还在，我决定要重新来看。

就这样，你多保重！

小实 笔

谷口杏实小姐惠鉴：

梅雨季节终于过去了，不知你近来可好？

前些日子收到你的回信，真是多谢了。我也回想起高中时代，特别是广播部的种种。去松月山的事，现在想到还会笑出来。阿杏你张着大嘴抬头看星星，结果小甲虫飞进嘴里了。好像搞笑节目的短剧一样，虽然明知道正在许愿，还是忍不住笑出来。能有分享共同记忆的朋友真是太好了。

你提到良太让我吃了一惊。我们躲在浩一跟千秋的光环下偷偷地交往，我以为大家都忘记了呢。

我跟良太分手，应该是离得太远的原因吧。分手并不是因为谁背叛了谁，所以过了十年再见面也可以正常地交谈。我也结了婚，过着还算幸福的日子。良太在从前就向往的电视节目制作公司上班，我们毫无顾忌地交换近况，他一定也很高兴。

我能跟阿杏这样书信往返，也是因为阿杏过得很幸福吧。你马上要结婚了，不是吗？啊，我写出来了。本来是要等你告诉我的。婚宴的时候跟上封信里你都没提，我等不及就先说了。

是文哉在婚宴开始前告诉我的，都已经下聘订婚了吧？你的未婚夫跟文哉一起在市政府上班，比我们大三岁。恭喜恭喜。

我只不过回去一天，就能知道这么多消息，从某方面来说，乡下真是了不起。

所以阿杏你一定知道的。我觉得你知道但是瞒着我。要是真的不知道，就会说那只是谣言了。我听说千秋在五年前的夏天回老家时，出意外破了相，因此精神状态不太稳定，然后就下落不明。

说回老家时出事，这让我有点在意。

难得我暂时回国居住，我先生也说很久才回来一次，想轻松地待一阵子，所以我想确定一下千秋在哪里，看能不能去给她打打气。要是你知道什么的话还请告诉我。

你这么爱惜我送的信封信纸，真令人高兴。

静候回音。

高仓悦子 谨启

小悦：

你的信我看过了。寄照片只是借口，其实你是想问千秋的事吧。千秋出意外我想也是文哉告诉你的，这事我知道。之所以没提是因为小悦你不久又得回遥远的国外，不想让你惦记着。既然你已经知道了，那说出来也没关系。但在此之前——

写信给我的真的是小悦吗？从第一封信开始我就觉得有点不对劲。

比方说，你写信的口气不太像小悦。但那或许是因为小悦去上了东京的好大学，跟社会上有地位的人结婚了，学过写信的方式也说不定，这样也不是说不通。

此外，还有松月山的事情经过。小甲虫飞进我嘴里的事小悦应该是不知道的。那时候下山的顺序是负责导演的文哉，接着是负责摄影的良太，他一直倒着走，用手提摄影机拍我们，然后是默默地往前走的静香。最后是小悦、我、千秋和浩一。

小悦突然停下脚步回头看天空，我也跟着转身往上看，小甲虫飞进我嘴里，千秋跟浩一都笑起来。但是小甲虫立刻就飞走了，那时候我并不知道是什么东西飞进我嘴里，千秋和浩一也只是笑而已。之后下山一路上应该都没有人提到“小甲虫”这几个字。

所以在我背后的小悦应该不会知道的。

还有关键性的一点就是我要结婚的消息。我在喜宴吃饭的时候，当着大家的面说过“我要结婚了”呢。

所以你不是小悦，而是不在我们那一桌的人：浩一或静香。

再加上知道小甲虫的事，应该是浩一吧？男人装成女性，用人妻的口吻写信也是说得通的。

但想知道千秋情况的心情确实不假。

你只要告诉我你是谁，不管你是哪位，我都会把千秋发生意外的经过原原本本告诉你。你到底是谁呢？

但要是伪装的目的只是要知道意外详情的话，那绝对可以排除一个候补人选。因为静香知道得很清楚。

杏实

阿杏：

惠鉴什么的就免了，果然很奇怪是不是？在国外住久了，写信的机会也蛮多的，有时候是英文，有时候是日文，要不就是要翻译成英文的日文，所以写法很奇怪，好像让阿杏误会了。对不起啦。为了表示亲密，我还没用敬启者之类的开头。高中的时候连写信应该用这种词都不知道呢。

我是悦子。为了让你相信，我会一一解释。

小甲虫的插曲：阿杏可能以为走在前面的人没注意到，但我看见了小甲虫飞进你嘴里。

因为我不小心开了口，害阿杏也说话了，本来要戳你的背说对不起的，就在那时看见一个黑黑的东西迅速飞向阿杏的脸，真是太好玩了。可能是因为千秋笑得比较大声引人注意，但我在你背后也笑了。

要是有所怀疑的话，可以看看当时的影片。《松月山•月姬传说》纪录片的番外篇有收录制作过程中的有趣花絮。当时我笑的样子应该拍得很清楚。我手边没有片子无法确认就是了。

然后就是结婚的消息。这真的是我一时昏了头，阿杏会怀疑也是无可奈何的事。

应该是在切好的结婚蛋糕上桌的时候吧。阿杏说："蛋糕是很棒，但泡芙塔也不错。"文哉就说："那小实就订泡芙塔吧？"大家正要追问，浩一的上司就来敬酒，大家忙着应酬的时候，给双亲献花的重头戏开始了，这件事就不了了之。

从文哉那里听到的印象非常强烈，到底哪个先哪个后我也搞混了。话说回来，文哉嘴巴真大呢，但婚宴上他当友人代表致的辞很不错。

阿杏可能不愿意回想千秋出意外的事，我却一直追问，写信也没注意遣词用字，让你起了疑心，真的很对不起。这样消除你的怀疑了吗？

要是你仍旧怀疑我到底是不是悦子，就问我只有你和我才知道的事情吧。比方说我用的这套信封信纸，这跟阿杏你在高二暑假跟家人一起去北海道的时候买回来送我的礼物一模一样。你注意到了吗？

当时我就觉得，不愧是负责写剧本的阿杏，送成套的信封信纸当礼物，那时候的情形我还记得很清楚。要写信的时候，我想起你说过“这便笺是富良野[1]有名的工坊用独家技术以天然薰衣草染色的”。所以就邮购了。但是为什么送我信封信纸呢？千秋得到手帕，送小静的礼物是镜子。

要是阿杏还不相信写信的人是“小悦”的话，要问什么都可以。千秋的事情可以等阿杏相信之后再说。要是信赖关系不成立，就根本没法谈下去了。

静候回音。

悦子

小悦：

上次在信里写了些怪话，不好意思。不知是为什么，可能是因为被镇上的人问得烦了，到现在提起这个话题我还是有点戒心。对不起啦。

我已经百分之九十相信写信给我的人是小悦，剩下的百分之十，让我再问一个问题吧。

但是有什么事情是只有我跟小悦知道的呢？我重新思考

1　位于北海道，是知名的观光旅游城市。

了我跟小悦的关系。

我跟静香和良太从小学开始就是同学，如果是他们，可以问小学时候的事，文哉的话，他就职之后回到这里，可以问他镇上最近发生的事，或是跟我交往的人（说未婚夫总觉得很不好意思）的事。上了高中才认识的小悦该问什么才好呢？浩一跟千秋也是同样的情况。

就问我跟小悦两人一起创作的广播剧《二十一世纪•月姬传说》好了。那出广播剧本来是要让为了无聊小事吵架的千秋跟浩一和好才写的。小悦趁他们两人不在的时候跟大家商量，提议说“在戏里让他们谈恋爱，说肉麻的台词吧”，然后我们俩一起构思剧本的内容。

我一向都是自己一人枯燥地埋头写剧本，但因为小悦正经八百地提出奇怪的台词，所以写这出戏的时候非常愉快。问题如下：

广播剧最后的台词：“两人的爱将持续到永远。”定稿是这样，但初稿是别的句子。初稿是什么呢？这没法从CD或是剧本里找到答案的。

就算你真的是小悦，也可能会忘记。但我还是期待你的回答。

再聊。

小实

阿杏：

谢谢你相信我。问题的答案很简单。

“两人的恋爱之路前途多舛，但我们都会在旁边加油的咧！”

这是我提议的，结果被阿杏否决了：“为什么最后变成关西腔？你搞笑节目看太多了。”真的好令人怀念。我看了阿杏的信，才发现只有我们俩一起做的事几乎没有。

但是我跟阿杏最合得来。我加入广播部是因为中学同学千秋叫我来，最后我跟阿杏在一起的时间应该比跟千秋在一起的时间还要多。嗯，当然千秋跟浩一黏在一起也有关系啦。

不过，要是千秋没叫我去的话，我的高中生活八成会很无聊。谁是第一都无所谓，连千秋在内我们同年级的七个成员要是能团聚就好了。

除了阿杏之外我没别人可依靠了。拜托你。

请告诉我千秋的事。

悦子

小悦：

我这就告诉你千秋的意外经过。信会有点长，有点严肃，请别嫌弃看下去。

之前也说过，高中毕业以后，我再次见到千秋是五年前的夏天。

同一年新年的时候我偶然碰到静香，交换了联系方式，跟她打过几次电话、发过短信。那时候我有点想找人诉苦（因为跟男朋友交往得有点不顺利）。

我们说到想举行广播部的同学会，千秋跟浩一也都在关西，不是可以开个小型同学会吗？话虽如此，静香说那两个人有电灯泡的话一定开心不起来，这么一说我也觉得有道理。所以静香虽然也跟千秋打电话、发短信，但真的见面也跟我一样相隔了五年。

但她说因为她工作的地方离浩一公司比较近，他们有时候会在吃午餐的店里碰到。他在制药公司上班，成天要跑业务，应酬很辛苦，好像不太会喝酒，等等，说来说去都是浩一的事。她听说千秋劈腿非常生气。我觉得静香还是喜欢浩一的。

静香到大阪去上大学我觉得也是去追浩一的。浩一高二的时候，他哥哥上了大阪的大学，他不是跟我们说过“我爸妈说：‘你也去同样的地方，兄弟俩住一起’”吗？静香虽然说“我去大阪上大学，是因为爸妈最远只肯让我去关西”，但我想她是要配合浩一才这么说的。因为静香的弟弟到东京去上大学了呀（静香妈妈到邮局窗口的时候，都会炫耀说是总理大臣上的那所学校呢）。

但是呢，我觉得静香要是不去大阪就好了。我想小悦应该明白我的想法。高中的时候认为“就是这个人了”，但环境改变，认识不同的人，就会有更喜欢的对象吧。

浩一确实很帅，但到头来也只是乡下公立高中的帅法，比他帅的人满坑满谷，不是吗？高中的时候，恋爱对象基本上是同级生，慢慢会觉得年长的更好，年轻的也很可爱之类的，选择会变多。

连在本地上短期大学的我都有这种感觉，我也认识了各种各样的人，离家到外地岂不是更会觉得开创了新的人生？但要是以前喜欢的人也在那里的话，就算离家，时间也仍旧停止在认识那个人的时候了吧？

静香真的就停止了。

我是在她因为广播剧《二十一世纪•月姬传说》责怪我的时候深刻地感受到这一点。我们制作广播剧的时候，静香好像在等浩一跟千秋分手。暑假结束的时候，浩一跟千秋大吵了一架。同班足球社的同学拜托千秋在比赛的时候去加油，她就做了三明治。浩一因此不高兴，千秋也很倔强，“只是去加油而已，有什么好啰唆的？文科的男生就这么小心眼。”她这样顶了回去。浩一更加不高兴，千秋完全不理他。

然后小悦就跟大家提议要制作广播剧，不是吗？大家都赞成，没人反对。静香也是。然而五年前静香却在电话里责怪我说：“阿杏为什么要帮忙啊？我以为你是站在我这边的。”

当时我帮了忙是因为有罪恶感。我也跟千秋一起去看了足球社的比赛。提议说一起做三明治的就是我，我想表现给当时的男朋友看，因为三明治做起来还挺费工夫的。

那么久以前的事为什么现在还来责备我？你不这么觉得吗？我也对静香这么说了——“现在跟我说这个又能怎样”，之后，她就没再说什么，当初制作广播剧的时候，我觉得大家的感情好像变好了，但静香好像不是那样呢。

因此虽然她说想办同学会，但我觉得不见面可能比较好，所以我什么也没说。到了夏天，静香打电话来，说盂兰盆节休假所以她就回来了，来见个面吧。

次日晚上我们约在一家叫作“小岛”的时髦意大利餐厅，我去的时候看到千秋跟静香在一起。千秋也在两三天前回来，静香打电话约了她。为什么要约情敌千秋？我吃了一惊。

我们三人叫了一瓶酒，举杯共饮。“小悦结婚了呢。”我们交换近况，慢慢话题转向了广播部。但是聊到广播剧恐怕有点危险，所以都只聊纪录片的事情。

当年大家都好努力，你说是不是？分工合作去访问镇上文化保存会的人，研究“月姬传说”。一位八十多岁的老奶奶把自己比喻成月姬，讲爷爷的往事。大家吃了一惊，“这形象有点不太合适吧……”转念一想，说的应该是战争时期的事吧，听到老奶奶说她在爷爷去打仗的时候每天去松月山祈愿，我跟小悦都哭得稀里哗啦的。

我们聊着这些往事，不知怎的就决定“那现在就去那里吧”。“访问了很多人，都没有说只能许愿一次啊。”“那就去吧。”最先这么说的是谁呢，静香吗？

我们三人喝完两瓶酒，情绪很高昂，而且我还失恋了，当时觉得这次去许愿的话应该会成功。千秋则是觉得很好玩，于是决定立刻出发。

我们离开餐厅，一路走到松月山山脚的大松树那里，然后开始走上登山道。虽然不知道有什么好乐的，但大家都很兴奋，一面唱歌，一面做着拙劣的模仿秀，一路闹着往上走。千秋突然开始背诵广播剧的台词，我也趁势接了浩一的角色。

“除了你以外我谁也不爱。”

“你之所以这么说是因为现在我在你面前。要是我不在了，感情也会消失的。”

这样你来我往了一阵子，等我注意到的时候，静香早已一言不发。我心想糟糕了。当时我们刚好到了山顶，我急急地说：“那就从静香开始吧。”让她在祠堂前坐下。因为这样的话一言不发也就不奇怪了，对吧？我在静香之后也双手合十许了愿，最后是千秋。

真是糟糕透顶。

如果坐着不说话就好了，千秋偏偏很兴奋地推开我，还看着静香说：“许愿的时候大声说出来也很好啊。”然后她说，“我希望成为浩一的新娘。”真的害我手足无措，不知如何是好，酒一下子都醒了。真希望小悦在场啊。我望向静香，但是周围很暗，看不见她的表情。

下山的顺序是我、千秋跟静香。好可怕啊。上山的时候大家很兴奋闹成一团，所以不觉得，回程时都没人说话，四下一片漆黑，简直不知道之前是怎么上来的。拍纪录片的时候，男生们是不是戴着头灯？

总之我只想快点下山，但是要快也快不起来。高中拍片的时候穿的是长裤跟运动鞋。但那天是参加晚餐聚会，我们三个都穿着短裙和高跟凉鞋，也没有喷防蚊液，被蚊子叮得一塌糊涂。不过也正是蚊子的“督促”，让我们大家加快了脚步，但突然有人发出了尖叫。

我转过头看见千秋跌倒了。她的脸好像擦到了山路旁边的石头。“你还好吗？”我拉着她的手臂要扶她起来，她叫道：“好痛！好痛！”用双手压着脸颊，站不起来。我不知怎么办才好，就打电话给文哉叫他来接我们。

浩一那时候因为工作很忙，还没有回老家。这种时候果然还是留在老家的同学可靠。文哉背着千秋一路下到大松树的地方，那里有路灯。我看见千秋脸上跟衣服上都血迹斑斑，差点就尖叫起来。

我们搭文哉的车到县立医院急诊室，文哉、我跟静香三个人都在那里等，千秋伤势严重必须住院，时候也晚了，千秋的母亲赶到医院后我们就离开了。

从那以后我就没见过千秋。据说是千秋说谁也不想见。

她右脸的伤口缝了二十针。

因为千秋伤势严重，第二天我跟静香一起接受了警察的问询，也去了现场。警察也是当地人，所以知道“月姬传说”，不过还是骂我们年纪都不小了，竟然会发酒疯三更半夜上山。这么说来拍完纪录片之后，社团的指导老师大场也这样骂过我们，说要是出了事可怎么办。

千秋跌倒的地方是山路特别险峻的一段，地面崎岖，都是石头。有一块尖端锐利的石头上沾了血，应该是在那里割破脸颊受伤的。

意外的经过就是这样。

你真的是小悦吧？不是浩一吧？

我还是不太相信。

因为小悦以前都叫我“小实”的。从小一起长大的朋友跟我姐都叫我“阿杏”，所以大家都跟着这样叫，但上了高中之后认识的朋友都叫我“小实”，因为那时候的偶像明星山冈幸实昵称叫作“小实”，虽然我跟她一点都不像，大家还是这样叫了。小悦是一直都叫作“小悦”吧。

然而之前的信里你回答了只有小悦才知道的事，让我有点混乱。我还是希望你是小悦。因为你是小悦，我才跟你说意外经过的。

当时我虽然跟千秋在一起，却完全没帮上她的忙，让我有种罪恶感，但那时我不知道还能怎么办。所以如果看了这封信以后，小悦能替千秋做点什么的话，也请让我帮忙。

就跟那时我们一起创作广播剧《二十一世纪•月姬传说》一样。

杏实

阿杏：

谢谢你告诉我意外的经过。

我不知道阿杏跟千秋的意外有这样的关联，完全没顾虑到你的感受追问你，真是对不起。虽然你把事情经过告诉我了，我也不知道该怎么办，对不起。

想找寻千秋的下落，拜托专业人士的话应该立刻就会有结果。但就算我们跟千秋见了面，也仍旧不知该替她做什么。当模特儿的千秋脸上缝了二十针的话，打击一定非常大。但是千秋有这么脆弱吗？要是真的跟传闻一样因为精神方面的原因行踪不明的话，我觉得应该不只是受伤的关系吧。

阿杏好像还在怀疑我呢。

的确我以前是叫阿杏“小实”的。跟良太交往以后，他叫你“阿杏”，我觉得这样比较酷，好像也比较亲密，觉得很羡慕，所以也慢慢改叫阿杏了。但时常是看心情交互着叫的，好像让你误会了，真对不起。

我虽然跟良太分手了，也不用改掉“阿杏”这个叫法吧。

而且就算我不是悦子，阿杏为什么一直怀疑写信给你的人是浩一呢？我不明白。

出事当天浩一不在，但那时他仍旧在跟千秋交往，不是吗？千秋既然会许愿说“希望当浩一的新娘”，那就表示就算千秋可能劈腿，他们俩也并没有到决裂的地步。既然如此，浩一不可能不知道千秋受伤，他也可以跟文哉询问事情的经过啊。

所以阿杏为什么觉得浩一要假装成我来追问呢？浩一不用假装成我，直接问你不就好了吗？他们分手时有什么问题吗？

虽然可能造成阿杏的困扰，但还请告诉我意外发生之后，除了千秋以外的其他人当时的情况。

悦子

小悦：

每次都怀疑你真是抱歉。

说的也是，浩一跟其他人不会现在来问五年前发生的意外经过。只有小悦什么也不知道，所以才会在意吧。

你是好奇吗？还是真的担心从小一起长大的千秋？

我这么问的话，小悦当然会说“是为了千秋”。但在我看来，小悦你跟千秋的交情并没那么好。

小悦说是千秋拉你一起进广播部的，但是你稍微低沉的声音真的非常好听，绕口令很厉害，朗读也非常拿手，完全不像是因为人家拉你才进这个社团的。

千秋想进演艺圈，本来是要选电影制作社之类的，但是乡下高中只有传统的社团，所以就选了最接近的广播部。只要事情一多，千秋就撒娇说“小悦是我姐姐……”要你帮她忙，你总是精神抖擞地笑着说“包在我身上吧！”但还是时不时会叹气。

制作广播剧也是因为千秋说“小悦，我跟浩一吵架了，拜托你想想办法”。不是吗？

然后，现在你也为了千秋的事拼命。我不是讽刺你，但每次都用手写信很辛苦吧。老实说我本来这次想用电脑打字的，但我都怀疑过你是不是小悦，还用电脑打字的话，你可能会怀疑是不是别人回的信、是不是要掩饰笔迹，等等。

但是我其实记不得小悦的笔迹是什么样子。社团成员中我唯一记得笔迹的只有文哉。因为他成绩好，大家总是要他帮忙写功课。但是他的字像蚯蚓爬一样歪七扭八，丑到大家不得不问“这写的是什么啊”的地步。

为了从小一起长大的朋友能做到这份上吗？我之所以这样怀疑小悦，可能是因为我没办法为静香做到这个地步。

我跟静香的关系，该怎么说呢？我们那个地区小孩很少，良太跟静香，还有班上所有人都是好朋友，但要是像小悦你们那里一年级有四班的话，是不是还会这么好呢？我不禁这么怀疑。良太是男生，所以应该没差，但我跟静香不是同一个社团啊。

我进入广播部的理由说来算是跟千秋一样，要是有文艺同好社团的话，我应该会去那边的。静香为什么要加入呢？入学后的社团活动介绍结束后，静香问我说："阿杏决定要参加哪个社团了吗？"我说："大概广播部吧。"她就说："啊，跟我一样。"当时我觉得文静的乖宝宝静香加入广播部蛮合适的，现在回想起来，她加入是想做什么呢？

她又聪明又能干，什么都能做，但全都是辅助的工作，感觉起来并没有"只有静香才办得到"的事情。而且她也不是大家的开心果。

开心果是浩一的角色吧。大家累了的时候，他会讲笑话逗大家笑。我专心写稿子，熬出黑眼圈来，常常被他当成笑点。小悦戴着好像派对搞笑用的黑框眼镜，一头乱发，被他嘲笑简直是吃人的鬼婆，等等。现在想起来真是没礼貌啊。

但是交报告给学生会，写采访邀请函之类的文书工作都由静香一手包办，所以大家才能尽情做自己想做的事吧。

静香总是在背后默默地辅助大家。

我是要说什么呢？对了，意外之后大家的情况。

我还是觉得千秋出意外我也有责任，我去过医院很多次，还去了她家。她不肯见我我就送花，还写信，只能写些“打起精神来”之类的废话。

静香也跟我一起去过医院一两次，她要上班，非回大阪去不可，但她好像也送过花和慰问品。

文哉在那之后并没特别做什么。我们俩都在柜台工作，见面的时候他会问我“千秋怎样了”。嗯，文哉是不会觉得自己有什么不足的啦。

良太夏天的时候不在，好像是过年回来时才从文哉那里听说意外的事。那个时候千秋全家都已经搬走了（他们搬家是那年秋天），他的情况跟小悦差不多。

浩一在意外发生两个星期后回来了，但好像没见到千秋。我问过文哉，他说千秋打电话到浩一家留言，说要分手。详细内容不清楚，但声音听起来好像很想不开，好像还说了“不遵守约定就会死”之类的话。

结果浩一还是没能见到千秋，就这样默默抽身离开了。文哉虽然对电话留言有疑问，但决定权还是在浩一手上。

他们分手的真相就是这样。

我觉得大家都尽力了。所以小悦也不要想着说要是谁怎样怎样就好了，要是我在的话怎样怎样就好了。

那是一次令人很难过的意外。我之所以想知道千秋的现况，并不是想替她做什么，而是想见到她重新振作起来，幸福地过日子，这样我会觉得好过些。

有时候我会这么想象：

就算脸上留下了伤痕，但千秋仍然很漂亮。报纸、电视上报道的整形技术好像非常发达，千秋的伤痕应该已经没有了，现在跟比浩一更帅更好的人一起幸福生活着吧……要是偶尔碰见，我跟她说“千秋我好担心你呢”，她就大笑着回说“担心什么啊”，如此这般。

小悦要是调查到了千秋的事，只有在知道千秋幸福快乐的情况下再告诉我吧。

我还真是奸诈。

阿杏

阿杏：

抱歉勾起你不好的回忆了。

就算五年前我在日本，应该也没法帮上千秋什么忙。但我能理解千秋为什么要跟浩一分手。要是换成我的话，应该也会吧。当然对象不是良太，而是我先生。

我先生好像不是因为我的长相才被吸引，但我得跟他一起出席公司的宴会，带着脸上有明显伤痕的女伴，他会被人瞧不起吧。这样的话，我可能也会跟他分手。

我觉得电话留言也是需要勇气的。

文哉有什么疑问呢？

我想知道。

悦子

小悦：

我说得好像有什么了不起的隐情一样，抱歉啦。我不该写些会让小悦担心的话。是我不对。

意外发生的时候文哉帮了大忙，我觉得该谢谢他，就邀他去喝过酒。以下是他跟我说的话：

“交往那么久，会在电话留言里分手吗？

“就算不想直接见面或打电话，也可以写信或发短信，把自己的想法好好说清楚。千秋为什么选择电话留言呢？平常留言的时候就会被哔声打断，我觉得这说不过去，想了很久。浩一说的话有一句让我很介意。

“电话留言里说‘不遵守约定就会死’，广播剧《二十一世纪·月姬传说》有同样的台词吧……”

你还记得“月姬传说”的故事吗？

月姬担心出征的丈夫，到松月山顶的祠堂许愿。月的精灵出现说："你的丈夫身陷险境。从今晚开始连续十天都到此处参拜的话，丈夫就可平安回到你身边。但是许愿之后下山，一直到山脚大松树处，一路上都不能开口。"说完之后精灵就消失了。第二天起，月姬每天晚上都到松月山顶去许愿，但战火渐渐逼近，母亲阻止她外出，她为了丈夫仍旧坚持前往。最后一天晚上，她在下山途中遇到敌军的逃兵而被杀。直到最后一刻月姬都没有发出声音。第二天，她的丈夫就平安回来了。

这故事大家都从文哉那里听了不知多少遍。我根据这个故事改写了现代版。不是月姬的丈夫而是月子的男朋友，不是去打仗而是在参加全国辩论赛的决赛途中出了意外。最后月子并没有死，而是受了重伤。结果这竟然成了事实……对了，我要说文哉说的话。

"在母亲阻止她外出的那一幕，有'不遵守约定就会死'的台词。广播剧里是'不遵守约定他就会死'的意思，要是在电话留言里直接这么说了，是不是就变成'不遵守约定千秋就会死'的意思呢？

"为了让小两口和好，剧情是从他去参加辩论大赛前一天的吵架开始的。他跟月子大吵一架：'我不想看见你的脸。不想跟你见面。不要发短信也不要打电话，绝对不要主动联络我。'一连串这样的台词，然后第二天就传来他受伤的消息。

"千秋给浩一的电话留言是不是从广播剧里编辑出来的台词呢？可能是我惊悚片和推理小说看太多了，但阿杏你不觉得很可疑吗？

“啊，好像是我想太多了。因为有广播剧 CD 的只有广播部的同学。如此一来……”

大概就是这样。

文哉以前就是这种个性，有介意的地方就要追根究底。只不过是午休时的五分钟新闻报道，他也要说再详细调查一下，于是大家只好在学校待到天都黑了。

可能正因如此，听到文哉这么说，我就把《二十一世纪•月姬传说》拿出来又听了一遍。果然有“不遵守约定就会死”这样的台词，一开始吵架的场面也是，就算没有高超的编辑技术，只要慢慢拼凑也可以轻易做出分手的留言。千秋演技逼真，发生了意外之后留了这种话，大家都会深信不疑吧。

文哉没提起前，写剧本的我竟然毫无察觉。但是就算察觉了应该也不能怎么办。文哉一定也是同样的想法。现在看这封信的小悦也是。

去录电话留言的是不是静香呢？

意外发生后，在浩一回来看千秋之前，编辑 CD 把留言先录好。或许她回大阪后跟浩一见了面，直接告诉他千秋出了事。跟他说“千秋不肯见我们，要是我也跟她一样破相了的话，可能会想去死……”用这样的话来诱导浩一离开千秋也未可知。

我为什么能这样毫不在乎地写着怀疑朋友的坏话呢？

其实文哉在提出编辑电话留言的假设之后，还说了另一件事。意外发生之后，虽然没有人见过千秋，但文哉曾经接到过一次千秋妈妈打来的电话，问他："千秋的手机有没有掉在你车上？"

看来那天晚上千秋的手机丢了。她妈妈说问过警察有没有掉在意外现场，好像是没有。是不是静香拿走了呢？这样千秋就没法跟浩一联络了。

要是这样的话，静香是什么时候捡到千秋的手机，然后想到可以这么做的呢？千秋跌倒的时候？在文哉车上？第二天在意外现场？本来想着之后还给她，但想到可以利用就没还了？话说回来，千秋的手机真的是掉了吗？

下山的时候文哉背着千秋，但是千秋用手捂着脸，身子不是很稳，我从背后撑着千秋的背，静香拿着千秋的包跟在后面。是不是那时候拿走的呢？

在"小岛"聚会时我跟千秋交换了联络方式。我拿出了记事本，千秋却打开手机说这样比较方便。所以如果没有手机的话，大概不只是没法通话跟发短信，可能连浩一的地址跟电话都不知道了。这样的话就无法跟浩一联络。

既然已经说到这个地步，那我可以写出最糟糕的想象吗？

意外真的是意外吗？

我回想起下山时的经过，还有一个让我无法释怀的地方。

静香在发生意外的那天晚上，下山的时候一直到大松树那里都一言不发。千秋跌倒的时候，我打电话的时候，文哉来了以后，她一句话都没有说。当时我心里一定觉得奇怪，但过了五年也就忘得一干二净，衷心地为坐在浩一旁边的静香拍手祝福。

我这个样子，千秋一定不会原谅我吧。

我已经毫无隐瞒全部说出来，把真相托付给小悦你了。

小悦，我能幸福吗？

阿杏

阿杏：

谢谢你告诉我真相。让你想起不好的回忆，真是对不起。但是我想跟你说，谢谢你帮了受伤的千秋。

我相信千秋一定也很感谢你。

再度恭喜你要结婚了。写了这种信，我不知道还会不会收到喜帖。我结婚的时候因为丈夫是再婚，所以只在公司派驻的海外当地教会举行了两个人的仪式。

要是知道了千秋的下落，我会通知你的。要是可以的话也请寄喜帖给千秋，她应该会很高兴的。

祝你幸福。

悦子

§2

小静：

谢谢你前几天招待我参加婚礼，真是非常棒的仪式。蜜月旅行是去澳大利亚，对吗？怎么样，好玩吗？我脑中只想得出爱丽斯岩、歌剧院、无尾熊、袋鼠等小学生程度的名胜景点，但是跟浩一一起一定到处是美景，做什么都好玩吧。

不好意思，今天才寄婚礼的照片给你。专业的摄影师应该拍了很多了，但我想你应该也会想看看从亲友桌的角度拍的照片。

婚宴真的非常开心。果然同社团的同学结婚真好。一面看着新郎新娘，一面在亲友桌上聊以前的事，还得知了大家的近况。要是能全员到齐就更好了。

千秋发生意外的事，我从阿杏那里听说了。因为她也在现场。虽然过了五年，现在好像仍然有罪恶感。阿杏一开始似乎并不怎么介意，但回想起当时的情况就渐渐激动起来。我虽然觉得没什么好担心的，但小静你一向认真，或许发生意外之后一直都有强烈的罪恶感也说不定，我有点挂怀。

不管怎样，我真的觉得静香跟浩一很配。

新婚生活乍看之下是由浩一主导，其实是静香一手掌握吧。结婚之后也继续工作，不是吗？婚宴上，公司的人叫你主任呢。你一定非常努力。我结婚之后就辞了工作，所以很羡慕你。每天都放假的日子平淡没有起伏，脑子好像都要迟钝了。

小静放假的时候会不会跟浩一一起看以前广播部制作的影片或听 CD 呢？我在婚宴上看到纪录片，感觉好怀念，就叫人从老家的柜子里找出来寄给我，着迷地重看、重听。

特别是广播剧《二十一世纪•月姬传说》让我一面听一面笑，耳朵都快长茧了。“我爱你”啦、“我不想看见你的脸”啦，即便是演戏，也只有青少年时代才能这么正经八百地说出来。主角是千秋，静香可能觉得不太舒服就是了。

不，小静一定不会在乎这种事的。因为小静跟浩一两人同心合力，跨越了更大的障碍才有今天。

其实这出广播剧让我有点介意。录音的时候并不是大家都在场吧？演员只有千秋、浩一跟我三个人，录浩一跟千秋对手戏的时候，我在准备音响效果，空下来的人都去办别的事了。当然除了演员之外，大家也都总动员……

录好的每个场景都由良太跟文哉编辑，剪辑成广播剧，试听会的时候浩一不在。他说这么丢人现眼的东西怎么能听啊。把 CD 给他之后问他：“听了没？”他回道：“谁要听那种东西。”我记得一直到毕业典礼那天他还这么说。

对我而言这是剧本、演员、编辑等最花心思的作品，浩一虽然那么说，我还是希望他能听一下。小静能运用贤妻的特权，跟浩一确认一下他听过没有吗？当然小静不愿意的话也没关系。

写了半天都是些无聊话，真不好意思。

祝你们两位永远幸福。

悦子

高仓悦子小姐大鉴：

谢谢你前些日子来参加我的婚礼。远道而来，真的非常感谢。你会在日本待到何时？

小悦这么多年才回来一次，一定不要留下遗憾哦。

小悦不知道从谁那里听说了千秋的事，想要探询真相吧，你以前就是大家的和事佬，我一向在乎别人的眼光，跟没有心机的小悦在一起感觉最轻松。好就是好，不好就是不好，难吃就是难吃，喜欢就是喜欢。总是直来直往的小悦用绕着圈子的奇怪方式问我话，我立刻就知道你在怀疑我。

小悦变得不像小悦真是太可惜了。我认识的小悦，要是怀疑我跟千秋的意外有关联的话，就会直接要我说出真相才是。

高中毕业已经十年，我知道大家都不可能没变。我也变得比高中时代善于表达自己的意见了。

高中时的小悦气质分明不输给千秋，但却一点都不打扮，戴着黑框的深度近视眼镜，一头蓬乱的长发，别说化妆了，连唇膏都没见你涂过。你来参加婚礼的时候，穿着高雅的洋装，头发做得好漂亮，真是艳冠群芳。

我忙着招呼亲友跟上司，没能当面跟小悦这么说，真是可惜。浩一有没有听过《二十一世纪•月姬传说》的广播剧？我可以猜到小悦为什么想知道，但我并不想在这里说出答案。

你要是小悦的话，就像小悦那样问我吧。

另外，虽然浩一应该不会拆收信人是我的信件，但寄信人若是小悦，他可能会误以为是寄给我们两个人而拆开看了。昨天刚好我比较早回家（我现在是在公司写这封信），但平常大都是浩一先回家，没法保证他不会拆信。

我可以用电邮或是手机短信之类的方式跟小悦联络吗？为了保险起见，我把电邮地址（我跟浩一并不共享账号）、手机号码都写在便条纸上一起寄给你。要是有难处的话，我另外想办法。

要是你不打算再写信来也无所谓。但是如果要写的话，请写让浩一看到也没关系的内容，或者不如请小悦自行判断，内容要以让浩一阅读为前提再写。

或许这次的来信你原本也打算让浩一看到？

真是不好意思，收到你亲笔写的信，却用电脑打字回信给你。实在是工作很忙，只能用尽量节省时间的方法。

再聊。

山崎静香 谨启

小静：

谢谢你在百忙之中回信给我。我们都结婚为人妻，有什么共同的话题可以聊呢？我一面思考一面写这封信。

大而化之直来直往，这才是真正的小悦，小静眼中的我是真正的我吗？

阿杏跟千秋也都这么说，所以我在高中时代对于这样的自己从来没有质疑过，觉得就是这样了。但是我也会因为小事而消沉，会在乎周遭旁人的观感，我这样说的话对方会怎么想，然后自己烦恼一晚上之类的。我直来直往的表现也是烦恼过后的结果。

注意到我其实有另一面的人，是良太。他对我的理解程度是百分之五十左右吧。“注意到”跟“理解”是两回事。

良太是在教我如何一个人编辑广播剧的时候注意到的。虽然我们没怎么说话，但我们对音乐和电影的兴趣相似，两个人在一起十分愉快。

那我们为什么分手呢？我大而化之直来直往的表现并不都是假象，我虽然喜欢安静的娱乐，但大家在一起闹着玩我也是喜欢的。

我去东京上学，良太去了名古屋，大家觉得我们是因为距离分手的，但其实不是。良太不喜欢小静你们所知的我。现在说这些都是马后炮了，但要是我没接近良太的话，他应该是喜欢小静的吧，十几岁时眼里看得到的世界是很狭隘的。

上了大学，遇到了理解我的程度达到百分之七十的人，进了社会遇到了理解我的程度达到百分之九十的人，就是我先生。或许这只是我单方面的感受，因为我觉得自己并不怎么了解我先生。

小静跟浩一有多了解彼此呢？

请跟浩一说小悦跟你聊了这种话题。

至于我的通信方式，现在回国暂住的公寓并没有电脑，我也没有办手机。要是能够的话我还是希望通信，寄信人的名字我用假名（当然还是女性的名字）可以吗？

非常不好意思打搅你，拜托了。

悦子

高仓悦子小姐大鉴：

谢谢你的来信。接下来你会用假名通信，我知道了。

上回的信我没考虑到小悦的心情，说什么要你像小悦之类的话，真是对不起。我们高中三年几乎天天都在一起，我却没察觉小悦的另一面，这也很对不起。我觉得我之所以没察觉到，或许是因为大家对我这个人的印象跟我认知的自我形象一致的缘故。

良太注意到小悦其实有另一面，对我而言却没有这样的人。后来还有更加理解小悦的人出现，你能认识这样的人真是太好了。

我一面读你的信，一面找出高中时代的照片来看。全县大赛颁奖典礼之后，所有女生一起照了相。千秋仍旧是模特儿的架势，小悦跟阿杏则是得了奖喜滋滋的表情，只有我还是一张臭脸。不只是那次，其实一直都是这样。

分明在同样场合做着同样的事，大家都在笑，我为什么笑不出来呢？到底有什么好笑的呢？会不会是在笑我？可能是我头发乱了，可能我牙齿上沾了东西，可能有人在我背上贴了奇怪的纸条。

我一面想象着各种可能性，一面脱队去洗手间，检视自己的服装仪容，但没有任何异常之处。小悦的头发比我乱得多，阿杏常常张着嘴发呆，千秋吃零食的时候碎屑掉得到处都是，我是最端正的。可能大家是在笑我太死板了。

很夸张吧。我只不过笑不出来，就感到如此不安。

此外就是我不擅长第一个开口，不擅长打头阵。要是接下来开口的人跟我的意见差很多，只有我一个人独持己见的话，一定会被嘲笑吧？我也曾经因为这样而担心害怕，特别介意自己站在哪里，会不会第一个被点到。猜拳决定顺序时我也拼了老命。

特别是一年级暑假时的夏令营，晚上我们四个人不是要轮流说出喜欢的男生吗？是千秋提议的？要是我绝对不愿意，但小悦跟阿杏都兴致勃勃，果然就只有我跟大家不合拍。

说出自己喜欢的人多丢脸啊，到底有哪里好玩了？而且我们才刚刚入学，根本没认识几个人，哪里谈得上有喜欢的对象，这可该怎么办？要是只有我说“没有喜欢的人”，那大家一定会觉得我很无趣。

我心里这样想着，大家开始猜拳决定顺序。我出了石头。因为我知道阿杏一开始都会出剪刀的。我们两人的家附近有一座要爬百级阶梯才能到达的神社，小学的时候我们常常在那里玩剪刀石头布，石头是固力果，剪刀是巧克力，布是菠萝。阿杏一开始总是出剪刀，是因为赢的话就可以进五阶，输的话对手也只能进三阶。很单纯吧。

小悦跟千秋也都出了石头，所以阿杏得第一个说。之后的顺序就无所谓了，我想总之跟阿杏说一样的人就好。第一个说的是阿杏真好。因为阿杏认识的人等于我认识的人，要是阿杏露出不高兴的表情的话，我就说“但是我也没有那么喜欢啦”，然后让给她就是了。

阿杏说的人是浩一。

阿杏从小就喜欢偶像，所以她会说喜欢浩一我可以理解。于是我按照计划也说喜欢浩一，之后千秋跟小悦也说是浩一。原来只不过是挑帅哥啊……我这才明白大家为什么这么乐，心中暗暗松了一口气。

大家一起加油吧，告白失败的话就祝福成功的人吧。虽然喜欢的人都一样，气氛却一点不沉重。只有我把“喜欢”这个词看得这么严重，简直跟傻瓜一样。

以后也能像现在这样一起玩就好了。大家都接纳了我。因为讨厌一个人放学，所以跟阿杏一起进了广播部，同社团的是这些人真的太好了。

那时候我对浩一的感觉其实只有这样而已。但是说出来真的有不可思议的后果。这是不是就叫作言灵呢？说了“我喜欢的人是浩一”这句话，从第二天开始就慢慢被他吸引。

但真的觉得自己喜欢他的时候，他已经在跟千秋交往了。我之所以喜欢浩一的理由并不是因为他外表很帅或是人很有趣，而是因为他邀我一起加入，和大家一起笑。你明白这个意思吗？

比方说，大家在讨论的时候，除了我以外大家全都笑出来，沉默寡言的良太都在笑。文哉苦笑着说：“饶了我吧。”但是我完全不知道笑点在哪里。我担心自己的头发跟衣服。

这个时候浩一就会不经心地说：“小静，你看文哉的字，简直像是蚯蚓爬。明明是‘主题’，看起来像是‘王题’啦。”他这么说了我才终于能跟大家一起笑。并不是“王题”特别好笑，而是因为明白大家笑的原因不是我，松了一口气才笑得出来。

同样的事发生过好多次。他会说要是拍（是在说拍电影的事吧？）《松月山•鬼婆传说》的话主角非小悦莫属，会说小实超像一头熊，还会笑良太竟然带着那么可爱的钥匙圈，等等。只要有浩一在，我就能跟大家一起笑。就算当不成他的女朋友也没关系。

但是我却跟浩一结婚了。这世界上的幸福莫过于此。小悦说的理解程度，虽然我们在一起很久，理解程度可能并不高。但是他是能让我笑的重要的人。对他而言，我是他想哭时能让他放心痛哭的人。我觉得是这样。

很难想象浩一哭的样子吧？他在大家面前总是满面笑容、妙语连珠，但其实他心思细密容易受伤。对了，跟小悦一样，有外表下的另一面。既然浩一跟小悦是同一种人，那我就回答小悦的问题。

浩一听过《二十一世纪•月姬传说》。好像从高中的时候就开始听了，跟千秋分手之后，还曾经关在房间里从早听到晚。要是CD坏了不能听了，他从头到尾在脑中播放都没问题。

当然千秋跟小悦两个人一起录的场景，以及千秋说“不遵守约定就会死”的台词他都滚瓜烂熟。

这样你满意了吗？

山崎静香 谨启

小静：

谢谢你的回信。

正如小静猜到的那样，我的确怀疑你。

小静喜欢浩一。所以利用千秋破相的机会，编辑广播剧《二十一世纪•月姬传说》的台词，打电话给浩一留言，让他们俩再也不见面。

所以给浩一的电话留言，真的是千秋亲口留下的吗？

当模特儿的千秋脸上受了重伤缝了二十针，一定不想让喜欢的人看到。大家都这么觉得吗？浩一也是？

如果是这样的话，那千秋就算不受伤，应该也没法跟浩一顺利交往下去。我如果是大而化之的话，千秋就是漂亮自尊心强的形象。但那应该也只是千秋的一面，并非全部。千秋并没有那么坚强。

就是因为受了重伤，所以应该更希望有人在旁边陪她。意外发生之后手机掉了，所以没法立刻打电话说“来陪我吧”。即便如此，我也不觉得千秋在还不知道会留下怎样的伤痕之前，就刻意主动打电话要分手。

所以就算浩一听过广播剧，觉得电话留言是真的，我还是认为电话留言是编辑广播剧台词的产物。

不是小静的话，会是什么人做这种事呢？

有 CD 的只有广播部的七个同学。

假设是男生的话会如何呢？文哉、良太？他们之中有谁喜欢千秋，所以先让她离开浩一，然后再替她打气接近她？

编辑技术最高超的是良太，他或许可以做出让浩一信以为真的成品。微调音调或语速，等等。但我听说良太那年夏天没有回老家，一直到次年正月才知道千秋发生意外。

那么是文哉吗？虽然我从来不觉得他喜欢千秋，但从状况来看也不是完全无法想象。当天他救了千秋，千秋的手机可能掉在他车上。他人在当地，可以随时去探望。但是据阿杏说，意外发生之后文哉并没有主动跟千秋联络。但那只是阿杏不知道，其实他去看过千秋也说不定。

女生的话，我完全在状况之外，应该可以直接排除。当年夏令营的时候我也跟小静一样，觉得说谁都无所谓。要是我猜拳输了，估计也会说浩一的名字。这样说好像有点那个啥，但当时说浩一应该最保险。

如果说喜欢的是广播部的同学，大家就会聊得比较热络，但要是说了浩一以外的另外两人，一定会被问“为什么”。我跟他们都不是中学同学，当时连个性都不太了解，要是随便凭着印象回答，你们一定会怀疑“真的喜欢吗”。所以说浩一的话，大家应该都能认同。我也没像小静那样，因为说出口了就真的开始在意他。

但是我注意到浩一其实是个心思细密的人。与其说是细密，不如说他虽然一举一动都引人注意，但却不想负责。这样的事发生过好多次。

为了录《二十一世纪·月姬传说》，大家不是一起去了松月山顶的祠堂吗？浩一是社长，他应该跟社团辅导老师大场报告要出去采访，但他说：“既然是要去拍恋爱许愿的影片，老师跟着去不是很煞风景吗？”所以故意没跟老师报告。

后来老师看到了拍回来的影片，知道我们擅自在夜间活动发脾气的时候，浩一说：“文书工作不是该副社长做的吗？”把责任推给小静，自己率先溜之大吉。小静只好跟老师道歉，但我却不能释怀。

这种事情一旦有过一次，各种各样的小地方就会开始扎眼，我就觉得浩一有点差劲了。更别提千秋跟浩一吵架，大家为了让他们和好一起制作广播剧，说要大家帮忙的是浩一，但其他人却以为是千秋来拜托我。

我没明说是谁来拜托我，只说为了让他们俩和好，“不如趁此机会做一出广播剧，当今年的校庆节目吧”。完成之后浩一夸张地闹别扭说“这样太丢脸了啦”，所以大家才误以为是千秋来拜托的。

但我也并非一直都这样想。对浩一的第一印象的确是很帅又风趣。采访收录时的小插曲是因为在意千秋的意外事件，反复重看以前的录像带、听以前的 CD 才想起来的。

我想知道千秋是在哪里跌倒的，纪录片中在松月山顶的祠堂许愿后下山的场面我重复看了许多遍，仔细地检视每一个角落。我发现了一个有点奇怪的地方。就在我不小心说出“星星好漂亮”那里。我回想自己为什么突然停下来抬头望着天空。那时候我在跟良太交往，应该才刚许愿说“希望能一直好下去”才是。

然后我想起来了。那个地方的斜坡到处都是大小不同的石头，我后面的阿杏踢到的石头滚下来，我跟跄了一下，所以就暂时停下脚步，在路边抬头望向天空。

停下来之前的录像带画面有微微滑动的感觉，所以应该没错。接着小甲虫飞进阿杏嘴里，大家的注意力都被吸引过去了，但看画面旁边，就可以发现在阿杏笑出来之前小静明显地脚下一滑。

那天小静你穿着可爱的凉鞋，对吧？上山的时候我心想一定好难走。凉鞋有好多条银色的细松紧带，上面装饰着金色的小星星，我觉得跟“月姬传说”真是太配了。

凉鞋尖端的部分是草鞋的形状，月姬或许也是穿着这样的鞋子。以前没有路灯，她得一手提着灯笼走，连续十天一定很辛苦，被武士追的话肯定是逃不了的……我记得上山时我这样想着。

大家在后面又笑又闹，但小静在走到大松树那里之前一句话都没有说。我们大家都是因为要拍片才去的，但我完全没有那种自觉。

没有忘记任务的良太从那时候开始就只拍小静。小静抿着嘴，一步一步慎重地走着。我只看得到小静的背影，心想小静果然还是喜欢浩一。走到大松树那里之后，文哉发火了。

“你们还记得我们是来拍纪录片的吗？多少算是设法拍到了，你们都要感谢小静！”

我记得他是这么说的，原来如此。小静或许是拿浩一许了愿，但他也记得我们是来拍纪录片的。小静果然认真，直到看了你上一封信之前，我都是这么想的。

我完全没注意到小静把能跟大家一起笑的这件事，看得这么严重。对不起，我也没注意到浩一不着痕迹地默默帮助你。这分明也是浩一心思细密的表现，我却没有注意到他好的地方，老用放大镜看不好的地方，真是太差劲了。我没注意到小静的心情，应该伤害过你好多次吧。

良太的牙齿上粘着炒面的海苔，所以可笑。阿杏的睫毛膏晕开到眼镜下面所以可笑，看见文哉蚯蚓爬一样的笔迹，想着可以怎么误读而笑了。只是笑而已，要是我说出来就好了。比如"良太，牙齿上粘着海苔哦"。没说出来的话不仅被笑的人不安，连不知道在笑什么的人也都忐忑起来。

小静一直都非常端正，我们从来都没有笑过你，但还是伤害到你了。真的，我们一次都没有笑过你。

但是那天晚上下山的时候，小静以为我们在后面笑你吧。笑你脚滑了一下，所以你才一次都没回头，默默地走下山。紧抿嘴唇是忍住不甘心吧。那天小静在走到大松树处之前一声也没吭。

要是小静停下脚步回头的话，浩一可能会说"小甲虫飞进阿杏嘴里了……"

我虽然觉得不能怪小静，但小静当时一心只以为我们都在笑你。

山路只有那一段不好走。

那条山路虽然整理成阶梯般的状态，但台风来袭的时候有些地方被水冲坏，造成落石堆积。就算修缮过，第二年台风再来还是一样，所以已经好几年没有修过了。

晚上几个小孩自己上山去，要是有人受伤了可怎么办啊?

大场老师这样骂我们。

我想千秋应该就是在那个地方出事的。小静啊，当天你们三个人下山的时候，你有没有想起高中那段岁月呢? 有没有想起在后面跟浩一一起咯咯笑着的千秋呢?

我不是要逼你说那并非意外。请让我相信那的确是意外。

再聊。

悦子

高仓悦子小姐大鉴:

来信拜读。

我第一次知道原来那天晚上大家在后面笑闹是因为阿杏嘴里飞进了小甲虫。

我没回过头去看，是我的问题。要是浩一不帮我我就不明白的话，那之后也可以问大家发生了什么事。阿杏虽然常常被笑，但她会一边说“哎? 什么什么?”一边跟大家一起笑，就算知道大家笑的是她也一样。要是我也能这样就好了。

那个时候我跟小悦想的一样，以为大家在笑我。但是笑的原因并不是因为我脚滑。我以为是连凉鞋在内的一切都被笑了。

那天晚上，除了我以外大家都穿运动鞋。服装则是长袖衬衫、运动长裤，要不就是短袖衬衫外面穿着长袖外套。文哉说了要大家穿方便夜间爬山的服装。

但我却穿着短袖洋装，披着一件薄薄的小外套，脚上套着凉鞋。我为什么穿这种衣服呢？因为阿杏说要好好打扮一下。

在社团办公室开完会以后，大家先各自解散。我跟平常一样和阿杏一起回家。两人都因为晚上还要出门而兴奋异常。

阿杏问我说："静香想许愿跟谁好？现在有喜欢的男生吗？"我回说："我们是去拍纪录片的，怎么可能真的许愿呀？"然后阿杏就说："也是，这次我们都会被拍进去呢。"

我负责幕后工作，阿杏负责剧本，在此之前我们从来没上过镜头，两个人突然都紧张起来。

这个企划一开始是以小悦报道千秋去许愿这样的形式进行的，但因为是纪录片，最好能拍出大家同心协力调查这个传说的感觉，要表现这个镇上的女生无人不知无人不晓"月姬传说"，所以突然就变成拍摄四个女生一起去许愿，最后再加上小悦的旁白。

阿杏说，要穿什么衣服去呢？她开口之前我完全没想过。

"白天采访的话穿制服就好，晚上在山上拍摄穿制服不就有点奇怪？那穿运动服吧。拍'月姬传说'，穿运动服太没气氛了。千秋确实这么说过。文哉说穿行动方便的衣服，千秋说要穿跟‘月姬传说’相配的衣服。小悦一向都不注重打扮，但摄影的时候头发也都梳得好好的，不是吗？

“这样的话只有我们两个穿着登山服装不是很奇怪吗？要是纪录片去参加比赛，岂不是会被陌生人笑话。”

阿杏越讲越激动，我也觉得她说得没错。而且要是穿便服的场合让浩一看到我穿着邋遢的衣服，那他可能会以为我平常也是这副德行。虽说是登山，但据说有阶梯，那样的话稍微穿漂亮一点应该也无妨。

“用心打扮吧。”阿杏说。

集合时间是晚上八点，所以我们约了七点半碰面，然后各自回家。我把衣柜里的衣服都翻出来，这也不行那也不好，烦恼了半天。简直像是第一次约会一样。

浩一喜欢怎样的衣服呢？说不定是千秋常看的少女杂志上那种时髦的衣服。夏令营的时候千秋穿的 T 恤也很可爱。但要是让别人以为我是为了浩一才打扮的也不好，还是选跟“月姬传说”相配的衣服吧。

我认真地考虑这种事，真的很蠢对不对？我拿出绝对合适的夏天凉鞋，虽然有点凉，但配合凉鞋还是穿了短袖洋装。

阿杏一向没啥时间观念，她到我家的时候已经七点四十五分了。我看见她吃了一惊。她穿着长袖衬衫和运动裤。完全没打扮。但阿杏也很惊讶。

“静香，穿这样去爬山没问题吗？”

“阿杏不是说要用心打扮吗？”

“嗯，但是我妈说太危险了，还是穿长裤吧。所以我就打扮了这里。”

阿杏指着自己的脑袋。她把头发在两边盘了髻，与其说是月姬不如说是比较像织女的发型，还用草莓香味的发胶固定，果然是用心打扮了。她也化了淡妆。我本来想叫她等五分钟，我进去换衣服再来，但我不想让大家等，所以就这样去了。阿杏虽然没打扮，但我想千秋一定会穿得漂漂亮亮的。

到了山脚大松树那里集合的时候，我简直惊呆了。大家都穿着跟阿杏一样的衣服，只有我一人刻意打扮。真是丢脸。

但是大家并没管我穿什么。

千秋跟浩一虽然穿着外套，但底下的 T 恤是一样的，所以被取笑了。“月姬搞不好会吃醋，等着拆散你们也说不定哦？”文哉这样揶揄，浩一还生气了。

大家趁着夜色未深开始登山，顺序跟下山时一样。中途良太问了我一次：“你走起来没问题吧？”我回说：“没问题。”之后就没人再提了。上山途中背后一直传来千秋跟浩一愉快的聊天声。

“浩一，你为什么穿这个？昨天不也穿这件吗？所以我今天才穿来的呀。”

“我们家是晚上洗衣服的，我只是随便拿一件洗好的来穿而已。”

差不多是这样的对话。虽然有点拌嘴的意味但其实很愉快，让我觉得自己好凄惨。真想快点结束回家去。

许愿也只是装个样子而已。本来是想祈求浩一喜欢我的，但许这种愿让我觉得沮丧挫折到极点。大家都许完愿下山的时候，我心想终于可以回家了，偷偷松了一口气。而且下山的时候不能说话，可以不用听到他们聊天，平安了结一桩事。

但是，我一面注意脚下一面慢慢往下走，后面突然有人说“星星好漂亮”。是小悦的声音。我以为你是在说我的凉鞋。小悦想到什么就说什么，加上句子没有主词，但我觉得这应该是称赞吧。接着就听到千秋咯咯乱笑，浩一好像也笑了起来，我以为他们俩在取笑我的凉鞋跟不合时宜的服装。

要是转头看见浩一在笑的话，我一定会当场哭出来。本来想要赌气回头的，但总之一心只想下山，想回家。离千秋跟浩一远远的。

结果其实是在笑小甲虫。虫子被阿杏头上香甜的发胶气味吸引，飞到她涂着口红的嘴里去了。果然很好笑，要是我也会笑出来。光是想象就令人喷饭。

当然，就算过了五年，回想起来还是笑。

千秋受伤不是意外。但是知道了真相小悦打算怎么办？如果只是好奇的话，我就不会继续说下去了。小悦从高中的时候就是一个人在安全的地方观察我们，然后乐在其中，不是吗？

我不会为了让小悦自我满足而说出真相的。

山崎静香 谨启

小静：

谢谢你回信。

我不知道原来小静跟阿杏还有那一段插曲。到头来纪录片只剪辑了小静的部分，洋装也跟内容非常搭配，是一部非常好的作品。再加上“月姬传说”跟松月神社的历史，以及祭典的内容，参加比赛还得奖了。皆大欢喜，不是吗？

书信里的气氛渐渐沉重起来，言外之意也越来越多，但既然纪录片都在婚宴上播放了，小静应该没有那么在乎吧。

千秋受伤不是意外。小静这么写的意思是说自己或是阿杏让千秋受伤，而且不会为了满足我的好奇心而告诉我真相。你怎么能用这种态度说话呢？要是不可能是因为好奇才问的人，比方说千秋的爸妈写信来的话，小静你也会这样回复吗？

我觉得小静根本是自我陶醉。只是因为你知道我不知道的事，所以充满了优越感而已。要是真的不想告诉我的话，就直接说是意外不就得了，哪需要装模作样地那样写？分明就是以前不明白大家在笑什么的小静，现在立场倒转，觉得这事我知道而你竟然不知道，沉浸在优越感里吧。

小静不只是不喜欢被别人笑（本来也就是你多心），还想要笑别人吗？

既然小静说千秋受伤不是意外，那如果你不肯告诉我的话，我就另想办法找出真相。我可以去问阿杏，甚至可以找浩一，或许去报警更好。但就算让千秋受伤的是我们这群伙伴，我也并不想去报警。

我打算怎么办？如果不是意外的话，我就去找千秋，然后告诉加害的人千秋在哪里，希望她告诉千秋真相，跟她道歉。仅此而已。

要是只有我不知道真相，千秋早就知道了，加害者也已经道过歉，千秋也原谅她的话，那也就不用告诉我真相了。因为我并非要满足自己的好奇心。我担心下落不明的朋友，却被你认为是要满足自己的好奇心，我们之间的友谊还真是淡薄啊。

小静或许认为我是因为跟千秋从小一起长大，感情特别好，所以才不断写信来追问真相。但要是下落不明的是小静你，我也会做同样的事。换成阿杏、良太、文哉，甚至浩一也一样。

小静跟浩一结婚，过着幸福快乐的日子吗？没有任何内疚吗？你有自信说浩一爱你吗？高中时代同社团的朋友，一旦毕业了或许就再没有任何牵连。但我觉得这样太可惜了，毕竟我们曾经一起度过一段非常美好的时光。

无论过了多少年仍旧想重聚。下次希望能全员到齐。只有我这样想吗？

小静，请告诉我答案吧。

悦子

高仓悦子小姐大鉴：

来信拜读。

悦子你指责得没错，过去的我或许充满了被害妄想症。我之所以能够承认，是因为现在有可以信赖并了解我的人。上次我说千秋受伤不是意外，小悦就认为是我或阿杏让千秋受伤。虽然提了阿杏，但我想你怀疑的是我。因为浩一也被提及，所以我立刻就知道了。我害了千秋，然后在浩一的录音机上留下用广播剧台词编辑出来的分手留言，拆散他们两人，自己取代千秋的位置。原来可以这样做啊。

那要是事实的话，我就算跟浩一结了婚，应该也只能战战兢兢地过日子。他是不是还没有忘记千秋？要是千秋的话会选怎样的婚纱？早餐会做什么给他吃？每天会穿什么衣服？会选什么款式的窗帘和餐具？他工作出错的时候会怎样安慰他？……要是成天只想着这些，我早就已经发疯了。

我虽然想知道千秋现在在哪里、过得好不好，但我并不会拿自己跟千秋比较。我跟浩一两人一起越过了千秋这道难关。你明白是怎么回事吗？小悦的想象前半部分是正确的，但后半部分就错了。

我先从正确的地方说起吧。五年前盂兰盆节回家省亲的时候，我跟阿杏和千秋取得了联络。阿杏得知我找了千秋十分惊讶。因为她以为我去大阪上大学是为了追浩一。千秋去上了神户的专科学校，阿杏可能觉得我们在关西搞三角大战吧。但事实没这么夸张。

同高中毕业去关西的同学大概二十人，但几乎没有偶然碰到过。有一个人跟我上同一所大学，但学院不一样，一年也只见个一两次。

我跟千秋交换了手机号码，刚到关西的时候大概一个星期联络一次，报告近况，长假结束后大家都各自交了朋友，就几乎没再联络了。

有时候千秋会半夜打电话来，聊个一整夜，那也一直都是抱怨浩一。千秋一直都那么花枝招展，她很喜欢去联谊受到大家的瞩目，但浩一总是啰唆个不停。

“分明人家最喜欢的是浩一（意思就是有第二、第三喜欢的喽，果然不愧是千秋），他一点都不相信我……”千秋总是说这些。

说穿了，千秋只是要炫耀自己多受欢迎而已。高中的时候也是这样。分明没人问她，她都要自己说某某要跟我约会呀，浩一怀疑我是不是在跟某某交往呀……大家在认真做作业，她就在旁边闲着没事净说这些无聊的事情，真是够了。

大学时代的我一面反感地听千秋唠叨，一面心想既然这样分手不就好了，要是我的话绝对不会让浩一不安的。离开老家之后，就觉得老想着这些狭隘的人际关系也未免太麻烦了。

到处都有很帅的人、有趣的人、靠得住的人。周围的人太多了，要是一一在乎别人对自己的看法，那还有个完吗？就随他们去吧。所以我反而觉得到了新环境还得顾虑以前人际关系的千秋很可怜，有点同情她。

现在回想起来，在乡下地方美若天仙的千秋，到了大都市也不过就是个普通人，但她不肯承认这一点，所以要对着知道她全盛时期的老同学极力自吹自擂吧。这也未免太凄惨了。

我跟千秋的关系大概就是如此。五年前的新年跟阿杏再度见面之后，她曾经发短信问过我千秋跟浩一如何了，我轻松地回说跟以前一样，很好啊。但其实不是这样。

关于这一点稍后再说。用电脑打字不知不觉就会多写了没必要的事情。与其说是信，不如说是手记，或者还是该叫忏悔录吧。

小悦之前回乡下来的时候，有没有觉得很不可思议呢？小悦在国外住久了，刚回日本的时候应该又是另外一种感受。还是小悦不管到哪儿都是小悦呢？

自从去了人远比故乡多的都市，我是打算改变自己的。不再在乎周遭的目光，也可以坦然率先表达自己的意见。虽然经济不景气，我也顺利在大公司找到了工作，在那里充分发挥了自己的能力，当上了主任。

碰到以前的朋友也能以平常心应对。当然在老家碰到的话，就不一样了。

盂兰盆节跟阿杏见了面，我也大方地约了千秋。地点的话不知道哪里比较好，就问了阿杏，她说有一家刚开业不久的时髦意大利餐厅。我在网络上查了一下，是在意大利知名餐馆工作过的师傅，特别寻了仿照若意大利乡间风情的地方开的餐厅，外观和内装都非常时髦。

要去那种地方我当然费心打扮了一番，其他两人穿什么都无所谓。但两人跟拍纪录片那天晚上不一样，也都穿得漂漂亮亮地出现，完全没有任何突兀的感觉。

东西很好吃，酒也很棒。阿杏说她的办公室恋情失败，千秋继续抱怨浩一，而我说着自己的企划在公司受到重用，充满了优越感。或许我是喝醉了。

现在的我就能抹消过去的自己。我有这种感觉，于是邀两人一起去松月山，祈祷未来光明幸福吧。两个人都立刻赞成，可能也是因为离餐厅并不太远的缘故。

我们三个人走到大松树处，从那里开始爬山，有一搭没一搭地闲聊。

月姬得要连续十个晚上上山许愿，不知怎的就演变成去一次就可以了。现代社会一切都尽量简化，但许愿这种事简化成这样好吗？四国八十八所[1]参拜也免了吧，这样好像效果会不明显。“那个时候从头到尾都没有说话的是小静，但结果最先开口的小悦第一个结婚了。”

最后一句话是千秋说的。我听了立刻觉得气闷难受，好像有什么东西慢慢在体内积蓄起来，而积蓄的黏稠物快把

1　指日本四国岛与弘法大师（空海）有渊源的八十八个佛教寺院。

我淹没了。这黏稠物到底是什么？一言以蔽之就是“以前的我”。

到达山顶的时候我已经变成了以前的我。对着祠堂双手合十，脑中也没有男人的面容。没人爱的我。虽然努力帮大家的忙，但反而被当成是我自己乐意做的。虽然如此我还是许了愿：希望能幸福。

阿杏继我之后在祠堂前坐下，闭着眼睛双手合十，五分钟动也不动。我都开始担心她是不是肚子痛了。“小实你也太久了吧。太贪心是不会幸福的哦。”千秋说着不顾一切推开阿杏坐下去，阿杏满脸惊愕。千秋不管她，自顾自地大声说出愿望：

“我希望成为浩一的新娘。”

然后她看着我说：“差不多该下山了吧。”对着我微微一笑。我觉得千秋只是跟老同学见面觉得好玩，根本不把许愿当回事。

下山的顺序是阿杏、千秋、我。顺序自然变成这样。我心想当年也这样就好了。我在最后面就不会被人笑。阿杏满脸不高兴，一个劲儿往前走。穿着细跟凉鞋的千秋好像要赶上她一样迈着小碎步，我则一面走一面望着千秋的背影。

因为没人说话，所以脑中不断浮现各种影像。跟浩一穿着情侣装的千秋。不管如何劈腿都继续被浩一所爱的千秋。走在最后面的两个人是用怎样的眼光看着我呢？想着这种事情的我真悲惨，当年的我真悲惨，眼泪都快掉下来了。

就在此时千秋突然回过头笑了。刚好就在碎石很多的那一段路。我以为她是想起往事所以笑出来。想到只有我一个人费力打扮的那段往事，所以笑了。

千秋立刻回过头去继续往前走，但我满心委屈，委屈，委屈得要命，就用力踢了脚下的石块。我并不是故意想怎样，真的只是要发泄一肚子闷气。但是石头滚到千秋的脚边，千秋失去平衡跌倒了，虽然她用一只手撑住地面，但她撑着的那块石头也崩落了，她的头就撞到地上。

千秋叫着“好痛！好痛！”阿杏要扶她都扶不起来。我完全不知如何是好。阿杏打电话给文哉让他赶来帮忙。文哉背着千秋，阿杏用手扶着千秋的背，我只能在后面拎着千秋的包包跟着下山。

都是我的错，都是我的错。我吓得一个字都说不出来。

千秋被送到医院，我们在候诊室等待，然后千秋的妈妈来了。我把手上拿的东西给了阿杏，阿杏交给千秋的妈妈，跟她说了去松月山的事。

千秋不小心跌倒了，说得像是千秋自己跌倒一样。在阿杏看来那应该就是事实。我提议要去松月山，千秋不小心跌倒了，阿杏打电话向文哉求救，大家立刻把千秋送到医院。

阿杏完全不觉得有什么不对劲的地方。

在那之后不做点什么不行。

你知道千秋的手机不见了吗？

我拿着千秋的包下山的时候，看到手机在里面的夹袋里。

我记得还想到机型跟公司的晚辈用的一样。千秋跟阿杏坐在文哉车子的后座，我拿着包坐在文哉旁边，到医院以后我就把包交给阿杏了。

所以千秋的手机应该在阿杏那里。当时阿杏跟公司的男友刚刚分手，喝了酒也常常发酒疯。好像是那人背着阿杏和别人交往，就把阿杏甩了。阿杏可能还喜欢那个人，所以在松月山顶认真地许愿，但却被千秋打断，所以感到不爽吧。

送千秋到医院的时候没空想那么多，但平静下来之后，她可能不小心看到千秋包里的手机。坐在候诊室回想山上的事情，想到许愿被打断……所以就使个小坏拿了她的手机。

我也有参与广播剧的制作，也跟大家一起听了成品，但并不记得每一句台词。小悦写信来问我广播剧的事，我重听时才觉得“啊，是说这里啊”。但是阿杏的话记得很清楚也不奇怪，毕竟剧本是她写的。而且她可能其实并不喜欢千秋。

因为在夏令营大家说喜欢的人的时候，阿杏并没有要附和任何人的意思，直接就说了“我喜欢浩一”，不是吗？

千秋的意外，不对，千秋的案子，我觉得是从夏令营那天晚上就开始了。

这样可以了吧。

山崎静香 谨启

小静：

谢谢你告诉我意外的内情。

我想这应该是最后一封信了。

千秋受伤的事，小静最后说是案子，但我还是觉得是意外。小静就算不踢石头，千秋也可能跌倒。山路很暗，不是吗？就算对走在前面的千秋不爽，要瞄准她的脚把石头踢过去也很难吧。要是你以为“我希望她跌倒她就跌倒了”，这种念头也未免太抬举自己了。

人真是会大惊小怪啊。我们没那么万能的。

或许千秋根本不在意这件事，在某处愉快地过着日子。那样最像千秋，不是吗？

我可以问你最后一个问题吗？

小静跟浩一现在幸福吗？

悦子

高仓悦子小姐大鉴：

小悦说那是意外，让我松了一口气。

浩一被千秋甩了，真的意志消沉了很久。我跟他说过就算千秋不肯见你，你也可以去医院一趟啊。但浩一说那样的话她就真的会讨厌我了，所以他什么也没做。从小悦的观点来看，到头来浩一根本没为千秋做什么，但其实是浩一为了千秋，选择什么都不做。

什么也不做是最辛苦的。我送过很多次花跟慰问品，但那都是自我安慰，因为我觉得自己有错。我在反省，借着送东西跟千秋道歉。

心思细密的浩一被千秋甩了大受打击，连工作都无法集中精神，不停犯小错而被调职。我告诉自己胜过浩一的男人很多，不要再想他了，但不帅的浩一更让我难过。我想让浩一变回原来的浩一。我承受过他无数的泪水。

五年过去了。婚礼上的浩一很帅吧？

最后，要是你知道千秋在哪里，有什么我帮得上忙的地方的话，请告诉我。

小悦，请多保重。

山崎静香 谨启

§3

小悦：

好久不见了，你好吗？我这里现在正值盛夏。

小悦在南半球，所以应该是冬天吧，还是说非洲一年四季都比这里还热？我觉得得跟小悦报告一下小静的婚礼，但是不知道该写些什么。总之先说婚礼的情况好了。

我拿着给小悦的喜帖去参加小静和浩一的婚礼，结果完全出乎意料。

我这个穷困的剧团演员从去年开始借住在小悦回国的临时住所，顺便代转邮件，没想到竟然会收到那两个人的喜帖。我吓了一大跳，第一次打了国际电话给你。

小悦因为先生工作的关系没法回国，我又对这件事很感兴趣，所以就提议说那我代替你去，回来再跟你报告好了，但小悦叫我装成你，让大家大吃一惊，“要是到最后都没穿帮的话，千秋就真的是名演员了。”小悦你虽然笑着这么说，但我觉得一定立刻就会穿帮的，然而……

婚礼那天我到了松月大饭店，大家都叫我“小悦”，就算打扮得很像，面孔跟声音都不一样吧？虽然我模仿小悦的言行举止，但大家的记忆竟然会模糊到这个地步，我觉得简直像是他们串通好了一起来诓我似的。

我修护脸上的伤痕时，顺便做了一下眼睛跟鼻子，或许容貌跟以前差了不少，但跟小悦还是不像的。小悦以前戴着眼镜、一头乱发给人的印象太深刻了，大家都觉得是麻雀变凤凰吧。

被人说“不愧是贵妇”，他们可能私下以为小悦去整容了。真是太没礼貌了。我也是，对不起啦。

我注意到浩一不时偷看这里，但宾客很多，我没接近小静跟浩一，他就算有所疑心，应该也并没发觉我的真面目。

婚宴上来宾致辞超长，表演节目又多（伯母、阿姨跳舞之类的），大家并没有深入交谈，我就顶着“小悦”的身份这样过关了。

我拍了要寄给小悦的照片，把相机放在桌边，坐在我旁边的良太就说：“悦子会用相机了啊。”

那是我在当模特儿时拍宣传照用的相机，用起来很顺手，所以没有多想就带去了。良太这么一说我才想起来，小悦是机器白痴啊。好不容易采访回来的带子，小悦都会按错键把内容消除了。

我本来想就借此机会表明身份吧，但既然都来了，我也想入镜，就说这是跟先生借的，但我却不会用，然后把相机交给良太拍了。所以你看我寄的照片，有不少都有我吧。我最后一次见到小悦是在受伤之前，现在如何？像不像你？

婚宴进行到后半段的时候，底片没了。良太说他在柜台寄放的包里有备用的底片，我们两个人离开会场去换底片时，他说的话吓了我一大跳。

“你知道千秋破相以后，精神状况变得很糟，现在下落不明吗？悦子你跟她从小一起长大，或许知道些什么消息。有传闻说她在松月山上吊自杀呢。”

啥？在说谁？我大为震惊。良太好像也是从文哉那里听说意外的事，但并不了解详情。但是我觉得良太比较关心小悦而不是我。他一直说你变漂亮啦、我好惊讶啊，或许只是想找机会两个人私下说话吧。他问我之后有什么计划，但我根本管不了那么多。

我的确因为脸上受伤，加上父亲调职所以不当模特儿了，又不想让浩一知道我在哪里，所以跟小悦以外的其他人都断了联系，没想到竟然会有这种谣传！

小静跟浩一结婚其实也没啥出乎意料的，但在我受伤之后的五年间，到底发生了什么事？我只不过没跟大家联络，就下落不明？精神状态不佳？自杀？而且还是去松月山上吊？！大家到底是怎么看那天发生的事啊？我满脑子都在想这个，婚宴后半段完全心不在焉。

结束之后，文哉提议说广播部的四个老同学一起去喝酒吧。我家已经不在镇上，得赶时间，所以就拒绝他们立刻搭新干线回来了。我觉得这是正确的决定。去赶场的话一定就会穿帮了吧。

我在大家心目中到底变成什么样子了？为了得知真相，回去之后我迅速试着跟小实联络。要问新婚的小静实在很难开口，既然从头到尾我都装成小悦，婚宴之后千秋突然出现大家一定会觉得奇怪。而且表明我是千秋的话，可能就听不到实话了。

于是我决定继续当小悦。

小实有给我电子邮件地址，本来想写电邮就好，但我的电邮地址跟手机都有我的名字和生日，所以还是决定用手写的方式。

我非常努力不让她起疑。

小实以前送过小悦北海道有名的工坊制作的薰衣草信封信纸，我在网络上买了一样的。当时我得到的礼物是手帕，我觉得信纸比较好，还曾经搜索过那家工坊。

为了表现出人妻的风情，我特地买了书信大全，试着写正式的信。敬启者之类的太过严肃，惠鉴、大鉴是平辈间使用的，所以给朋友写信可以用惠鉴。我还研究了一番，小悦是不是叫小实“阿杏”啊。要回忆往事的话就提小甲虫那段插曲吧。

但是这样好像还是不行，她怀疑我不是小悦。小实收到手写的信，一定就启动了作家模式，脑内剧场开始盛大演出了。

广播剧最后的台词是什么之类的。我在录广播剧的时候曾经跟小悦抗议过：“为什么最后用这种台词收场啊？”小悦跟我说“其实本来是……”我想了半天才记起来。

小悦为什么从“小实”改叫“阿杏”？

小甲虫的插曲，大家都知道吗？

小实要结婚（对象是文哉同公司的前辈！）有在大家面前公开吗？是在我听说自己下落不明脑中一片混乱的时候？

小实的信到后来提起了文哉的假设，我觉得“假设”实在是一种很有杀伤力的玩意儿。脑筋好的人想着说“是不是这样呢”，创造出了假设，接着就“这也说得通”而买账了。我第一次知道假设也会变成事实。要是这次写信的真是小悦的话，说不定也会相信文哉的假设。

在假设中大家都怀疑小静，所以我也写信给小静。虽然我是很不情愿提到浩一的。写信给小静的时候，我也提出了假设质问她。就像阿杏因为文哉的假设说出了真正的想法一样，要小静说出真相，我觉得也需要某种假设。因为我是当事人知道实情，要编出假设并不是件容易的事，我就揣测要是小悦的话会不会这么想呢？所以我在写信的时候完全化身为小悦了。

小静觉得我跌倒是她的错，而在浩一录音机上留言的是小实。但事实并非如此。

我穿着细跟凉鞋在阴暗的山路上走下坡，不小心跌倒了。脸上受了伤当然很震惊，但并没有到精神衰弱的程度，反而冷静地考虑了以后该怎么办。于是我利用这个机会留言给浩一跟他分手。

在录音机上留言的人是我。我完全没有意识到说了广播剧里的台词。或许遣词用句是有点戏剧化，但我只想彻底跟他一刀两断。而且留言的内容大家都是听浩一的转述，不是吗？他既然能把广播剧倒背如流，真的正确地复述了我的留言吗？

然而我也有责任。我以为丢了手机，但其实是我妈妈没有把我的包放好，手机掉在我家车子的前座底下了。

我受伤的时候、跟浩一分手的时候都一直有跟小悦联络，所以这些你都知道。我想你看了她们俩的信也会吓一跳。但是惊讶的应该不是我破相，而是之后大家对这件事的看法吧。

我觉得高中的时候加入广播部真的太好了。有趣的事满坑满谷，但最高兴的是交到了一辈子的朋友。然而青春时代并没有那么单纯美好。我也有不满之处。

这次的书信往返，我寄出去的信全部都留有副本，信里我都模仿小悦的语气，你看了可能会觉得五味杂陈，我迟疑着，不知是否该寄给你看。小悦跟良太交往的那一段、小悦先生的部分，我都是为了取得小静的信任而随便写的。

但是用假设引出了真相后，回忆也会改变吧。干脆编纂成文集寄给广播部所有成员吧。

大家一定很尴尬吧。但这或许是让大家知道我当年心情的好机会。

我其实很早就发现自己跟浩一合不来。我要跟他分手他却不肯，心想我跟别人交往他总该跟我分手了吧，但那也不行。在这期间浩一把广播部的同伴都拉到他那边去了。

竟然制作了那么奇怪的广播剧。

我本来以为单纯是讲“月姬传说”的故事，结果里面不时出现我跟浩一的真实插曲，让我吃了一惊，简直像是被自己人挖了墙脚。这样一来想在高中毕业前跟他分手是没办法了，既然如此就故意做给大家看吧，真是讨厌啊。

你知道吗？“月姬传说”里说许愿的时候说出来就绝对不会实现。那是我跟小静一起去采访的老奶奶说的，那一段被机器白痴小悦洗掉啦。

一切的起源都是那个乡下小镇的“月姬传说”吧。因此文集的名称就此决定。

“月姬传说・终章”——真是快乐的青春时代啊。

千秋 笔

二十年后的作业

0

大场君如晤：

谢谢你前些日子送的花。我当了三十八年小学老师，教过千人以上的学生，毕业后还每年寄贺年卡并恭喜我退休的也只有你了。

我是大场君在 N 市立 T 小学五年级的时候教过你的。大场君功课很好，第二学期当上了班长，大家都很信赖你，真是个无可挑剔的好孩子。

八年前收到你的贺年卡，听说你通过了高中教师的资格考试，我觉得大场君一定能够理解学生，成为一个好老师。从你之后的来函也得知教途一切顺利，我感到非常欣慰。

你去东京上了大学，毕业后回到家乡就职，真是了不起的做法。大场君要在培育出自己的故乡培育英才了。昔日我也怀着同样的抱负回老家教书，往事历历在目，犹如昨日。

然而今年三月我退休了，收到以前学生的祝贺，不禁开始自省，我真的是个好老师吗？能肯定地说自己毫无遗憾吗？

如此一来我想起了六个让我非常挂念的同学。那些孩子现在过着怎样的人生呢？我决定要确认他们目前的状况，为我的教师生涯画下休止符。但是我的病情开始恶化了。

我需要长期住院。我没有小孩，住院期间得麻烦住在关西的侄女夫妇照顾我，于是住进了大阪的医院。

所以这封信的邮戳是大阪。

虽然我打算出院以后再调查那六位同学的事，但眼下不知道什么时候才能出院，因此想是否能拜托大场君，便提笔写了这封信。

大场君，你能跟那六个人见面，告诉我他们现在的状况吗？

其实我或许可以直接写信给那六个人，但那让我十分害怕。要是他们六个人都幸福快乐的话，我就可以毫无顾忌地写信，如若不然，我就不知道该写什么好了。

此外，我想他们对幸福的定义跟我这一辈的老人一定相去甚远。那六个人都跟大场君同龄，不用直接问他们是否幸福

（那样唐突的询问一定会让人起疑的），大场君只要告诉我你对他们的观感就好。

马上就要放暑假了，但老师还是要去学校。当社团顾问的话，放假期间更忙也说不定。因此若是不方便或是不想答应我的要求，请直说无妨。

当然交通费跟餐费等开销由我负责。

我侄女的地址如下，请跟我联络。

静候回音。

竹泽真智子 草此

竹泽老师尊前：

来函拜读。您身体状况如何？

听说您住院，我吃了一惊。是多年工作积劳成疾吗？请不要勉强，安心宽养才是。

老师您拜托的事情，我打算接受。我当老师才八年，但就已经有不少让人放心不下的学生。就算在学校时一切顺利，但毕业后发生意外、辞去工作之类的消息时有所闻，真是让人担心。因此老师的心情我完全感同身受。

总结老师教职生涯的最后任务我竟然能帮得上忙，真是无比光荣。幸好我担任顾问的社团是广播部，不像体育社团那么辛苦，今年带的班级是二年级，也还不用把时间花在升学指导等问题上。请您不用客气，事情就交给我去办吧。

此外您不需要付我钱。教师是不可以兼差的!

那我就等待您进一步的指示了。

我学生时代的朋友住在大阪，盂兰盆节的时候我想去拜访。到时绝对会去探望老师的。

受业

大场敦史 敬上

大场君如晤:

谢谢你接受我无理的请求。真的非常感谢。

我把六个人的名字跟地址都写给你，另附上要交给六个人的信封。地址跟电话都是二十年以前的，可能会有联络不到或者已经搬到远方等状况。要是那样的话就只跟找得到的人见面也可以，请不必勉强。

你来大阪的时候务必让我看看你。我已经是老太婆了，但大场君一定成为英俊的男子汉了吧。我很是期待。

那就万事拜托了。

竹泽真智子 草此

1

竹泽老师尊前：

贵体是否无恙?

您嘱咐的事，上周开始放暑假后我就跟河合真穗小姐见过面了。真穗小姐三年前结婚了，改姓黑田，住在隔壁的 K 市。

我照着老师给我的通讯簿打电话去，接电话的是真穗小姐的母亲。现在世风日下，她一开始还以为我是诈骗集团或是要做直销的，充满戒心地问我有何贵干，我跟她说我是竹泽老师的学生，现在在 N 市公立高中任教，老师今年退休了，目前在大阪住院，想知道以前的学生真穗小姐现况如何。这么一说，她立刻告诉我真穗小姐家的电话号码。

我打电话过去，是真穗小姐接的电话。我重复了告诉她母亲的那番话，并且说老师有东西要给她，可能的话希望能直接见面，她爽快地答应，跟我约了时间。

我们约了下午一点在真穗小姐家附近安静的咖啡厅见面，

聊了大约一个小时。

以下是见面时的实况。

首先我们再度互相自我介绍。我任教的高中好像是真穗小姐先生的母校，她一开始就非常亲切地跟我说话。

“您也是竹泽老师的学生，是跟我上同一所小学吗？”

“不是，我上 T 小学。”

“那是老师在 S 小学之后转任的学校吧。”

“竹泽老师是真穗小姐小四时的班主任，第二年竹泽老师就转到 T 小了，担任我所在的五年级三班的班主任。所以我跟真穗小姐应该是同年。”

这么一说，真穗小姐露出非常惊讶的表情。一定是我看着苍老，她以为我比她大很多。

“那么大场先生是老师在那次意外发生后第二年教的学生。老师当时是什么样子？”

“非常开朗、精神饱满又很风趣。但是生起气来非常吓人。班上的霸凌问题也是大家一起讨论解决……完全是理想的老师。我之所以担任教职就是想当那样的老师。但是我没自信精通所有科目，就选了高中的社会科……对了，您提到的意外是怎么回事？”

她之前说的时候我就很介意。迟疑了半天不知道该不该问，但我没办法不问。“那次意外”应该不是学校里发生的琐碎小事。

“您不是为了那件事才来的吗？”

真穗小姐露出说漏嘴的表情。她好像以为我知道意外的事。她踌躇了一下，然后说“老师也平安退休了”，所以就跟我说了事情经过。虽然我想应该用不着跟老师您描述那次意外，但真穗小姐也有可能记错，所以我还是把她说的话原原本本记下来。

“那是小四下学期十月的体育节[1]发生的事。

“美劳课有需要用到落叶的作业，我们班上六个人，三个男生和三个女生，跟老师趁放假一起到赤松山去捡落叶。

“我记得老师是在休息时间问我们要不要去的。因为是体育节，所以参加体育社团的同学有比赛不能去，也有很多人要跟家人一起出去玩。我两种情况都不是，而且家里离学校又近，所以去了。集合时间是上午十点，在学校门口。

“要是现在的小孩，一定觉得难得放假为什么非得去帮老师的忙不可？但那时我很期待。赤松山从学校开车去大概二十分钟，那时候我放假很少出去玩，而且还坐车去，简直像是到远方旅行一样高兴。

“而且当天老师的先生，开着一辆小面包车，像远足一样载大家去赤松山。我们还在车里唱歌、玩游戏。

“我们到了赤松水坝公园的停车场，老师发给我们一人一个大型的塑料袋，往赤松山的登山道走了大约三百米。据说是

1　日本假日，体育节是十月第二个星期一。

要搜集给一个学年所有班级用的，我以为要花上一整天，但要不了一个小时大家的袋子里就都装满了红、黄落叶和橡实松果。

“登山道一路通往赤松山顶，既然来了大家都说想爬上去，但老师说要带大家登山必须先跟学校申请，所以今天就不行了。大家听了只好放弃。

“老师说虽然不能爬山，但我们可以带着便当去水坝公园玩，然后再回家。大家都好高兴，心想，来了真好。

“便当非常丰盛。又好吃，又豪华，又可爱，总之真是太棒了。光是饭团就有六种，小菜也多到我都记不清的地步。我想着老师好会做菜，但结果全部都是老师的先生做的。

“‘老师家是老师出去上班，先生在家里工作。所以每天都能吃到好吃的饭菜，真的太幸福了。’

“老师用一贯的开朗态度说着，看起来非常愉快。我那个时候就想当老师，并且跟老师一样和会做菜的男人结婚。先生是个大好人，他用纸餐具替大家分了饭团跟小菜，让所有人都能开怀大吃。还问我们每个人：‘饭团要哪一种？有没有不吃的菜？’我说：‘要最好吃的！’先生就说：‘那就这个喽？’说着就把亲手做的包了蕗味噌[1]的烤饭团给了我。

“我们很快就跟先生熟起来，跟他讲学校的种种大小事。老师很会装土左卫门[2]和打躲避球，大家口无遮拦地说着，老

1　蕗味噌，用春天的蜂斗菜和味噌炒成的食品。

2　浮尸。

师虽然有稍微制止我们，但先生一直微笑着听我们你一言我一语。

“吃完便当后大家用老师带来的羽毛球拍打球，但是球拍只有四只，没法所有人一起打，也有人没兴趣的。

“从水坝公园可以沿着赤松河岸往下游走，男生提出要到河边玩。先生好像对生物很了解，大家就分成两组。我跟老师一起打羽毛球。我家离赤松河下游很近，觉得既然到这里来还去河边玩未免太可惜了。结果是女生跟老师一起打羽毛球，男生跟先生一起去河边玩。

“我们四个人双打，一下子就玩得入迷了。

“突然间武之狂奔过来，上气不接下气的样子，一看就知道出了事。他叫道：‘老师，糟糕了！阿良跟先生掉到河里去了！’

“我记得老师的脸色倏地变了。老师丢下球拍，往河边跑去，我们都跟在她后面，但老师突然停下脚步，回过头跟我说要叫救护车。可能是因为我是当时在场的同学中最稳重的吧。我回答‘好’，老师就拼命朝河边跑去。

“我虽然回答得很快，但却无法立刻行动。二十年前还没有手机，我也没带钱。公共电话有紧急用的红色按钮，但当时我并不知道。

“幸好公园里有许多来野餐的家庭，我跟最近的一家看着像爸爸的人说了情况，他说‘那可糟了’，然后带我去公园入口的公共电话亭，替我打了 119。

“其实那个时候我还没明白出了多大的事，我觉得只不过是掉到河里，哪需要叫救护车啊。那是因为我平常只看到河的下游，我常光脚在水流缓慢的浅滩抓鱼或打水漂，从来没有出过任何事，所以我大概以为河就是那样吧。

“但是却发生了最糟糕的情况。

“我在公共电话前等救护车到达，对急救人员说明情况，我虽然想跟他们一起去，但他们说很危险要我留在原地，所以我没去事发现场。

“良隆同学跟先生被担架抬过来，老师跟着上了救护车去医院了。老师为了救他们俩跳进河里，浑身湿透不说，还受了伤，脚上流血。但她完全不顾自己，只一直叫着先生的名字：‘真崎、真崎。’

“其他的同学由沙织的爸妈接送回家了。

“当天深夜我得知良隆同学捡回一条命，先生却死了。消息传开了，是全班都知道，还是只有当天去的那几个同学知道，我就不清楚了。

“‘老师虽然很可怜，但去世的是先生可能还算好的。’

“我母亲在电话里跟别人那么说。我根本不明白那是什么意思。良隆同学获救了当然很好。但温柔的先生死了究竟有什么‘还算好的’啊？

“虽然发生了这么大的事，老师还是一个星期之后就回学校来了。无论是上课还是合唱比赛练习，都像没事人似的，但从那天以后，我就没有再看过老师笑了。

“第二年春天老师就转任其他学校，从此之后我就没有再见过竹泽老师。”

老师您教过数不清的学生，为什么选择拜托我，我终于明白了。因为我现在正走着跟老师一样的道路。连真穗小姐在内的六个人，就是发生意外当天一起出游的六位同学吧。

老师担心六个孩子是否因为这次意外受到心理创伤，之后的人生是否顺利。真穗小姐一开始就以为我是为了确认这点来的。

真穗小姐要我转告老师的话如下：

“我得知竹泽老师一直都挂念我们六个人，一方面觉得非常高兴，另一方面也觉得对不起老师。

“我随着日子过去长大成人，几乎忘了那次意外。事发之后我就不去河边玩了，但并不觉得水边可怕。当老师的梦想因为我功课不好无法实现，但跟会做菜的男人结婚的梦想倒是成真了。

“以前带着我先生做的饭团一起去野餐的时候，想起过当年的事。不是想到悲伤的部分，而是想起老师的先生做的饭团有多好吃。包了蕗味噌的烤饭团的滋味，一直到现在都无法忘怀。我一面吃着饭团，一面跟我先生说着那天的事，不禁泪如雨下。

“我结婚之后，才觉得自己好像明白了老师当时的心情。

老师的先生去世了老师有多难受，别人是绝对没有资格说什么‘还算好的’。事到如今我也无法责怪家母了，还请老师原谅。

“老师，这么多年您真的辛苦了。”

我把老师交付的信封给了真穗小姐。真穗小姐当场打开让我看。里面是一篇作文：“我想当跟竹泽老师一样的老师。”文章下面画着老师的画像。一开始真穗小姐问我老师之后怎样的时候我说老师很开朗，但我从未见过像漫画那样张着嘴开心大笑的老师。

真穗小姐要我跟老师问好，然后就回去了。

本来这封信应该就此打住，我见过真穗小姐后去了图书馆，调查了当年的意外事故。

说是调查，其实只是看了当时报纸地方版上的一则小新闻而已。

报道中说老师的先生为了救掉进河里的良隆同学下水，然后老师赶去先救了良隆同学，良隆同学大难不死，先生却遇难了。

竹泽老师，我并非不能理解真穗小姐的母亲说“还算好的”是什么意思。不管她那么说是对还是不对。“最好”的结果是两人都获救，要是只能救一个人的话，身为教师，救了学生“比较好”。

要是遇难的是良隆同学，舆论会多么严厉地批判老师，可能会演变到不得不辞职的地步。

但是“比较好”只是从教师的立场来看而已。

我有个女朋友。她在县立医院当护士。是当地的朋友介绍我们认识的。虽然交往才半年，但我已经考虑结婚。

假设我现在带着广播部的同学跟她一起去河边玩，学生跟她同时溺水，我到底会不会毫不迟疑地去救学生呢？光是想到这点，就不得不佩服老师您的决断。

我能成为跟您一样的老师吗？

为了找到答案，我会负起责任，跟其他五个人见面。

那么就暂时报告至此。

受业

大场敦史 敬上

大场君如晤：

谢谢你的来信。看来你是顺利见到真穗同学了。

我读着信，觉得真穗同学轻快开朗的样子就在眼前。知道她结了婚，有了幸福的家庭，真的打心底里感到高兴。

我没事先跟你说意外的事，真是对不起。本来想先告诉你的，但我想知道的并不是六位同学对那次意外的看法，而是想知道他们现在的状况，不想让大场君有先入为主的印象，所以就没说。

此外就是大场君好像很介意真穗妈妈说的话，此后要是有人说我的坏话，请不要有所顾忌，直接告诉我。真穗同学没有到事故现场去，相形之下受到的打击较轻，所以对我还是满怀善意的。

真的非常谢谢你。

除了我之外，还有人记得我先生做的蕗味噌烤饭团的味道，我真的非常欣慰。

之后也要继续麻烦你了。

请一定不要勉强啊。

竹泽真智子 草此

2

竹泽老师尊前：

您身体状况如何？我们这里梅雨季节终于结束，拖得比往年都久，现在才正式进入夏天。不久前社会科的全国学科会议在东京召开，会场在我大学母校，我就代表我们学校参加了。

我在东京见到了津田武之先生。津田先生在N证券公司的东京总公司任职。

大学的时候分明在东京住了四年，但看到高得抬头仰望简直让人跌倒的摩天楼还是吃了一惊。我可能已经完全变成乡下人了吧。

津田先生的老家数年前搬到别的地区，老师给的通讯簿已经失效，但真穗小姐把地址告诉我了。真穗小姐、津田先生和接下来我打算去找的根元沙织小姐一直到高中都是同学，去年他们开过同学会，更新过通讯录。

通讯录上还有电邮地址，真的帮了大忙。

一开始联络上的时候，津田先生说等盂兰盆节回老家再约，但几天以后我决定去东京出差，于是就提早见面了。

感觉进行得蛮顺利的。

见面当天不是假日，我晚上七点到津田先生的公司前跟他会合，两人一起去了附近的居酒屋。这次我先说了我们同年，虽然是初次见面，但共同的话题不少，马上就聊得很热络。

津田先生说回N市的时候看见到处都现代化了，感到十分寂寥。他指的是公路旁边的购物中心、农田中央的便利商店等。当地人会觉得好不容易有了这些设施，但住在大都市的人会觉得完全破坏了乡下的怀旧气氛吧。

自己住在大都市里过着方便的生活，一年才回乡下一两次却希望乡下永远不变，这种心态未免太奢侈了。但是如果我没回到老家，而是住在别处的话，不管那里是乡下还是都市，我大概也会有同样的心情。

老师现在也怀念那个小镇吗？要是没有饮食限制的话，我想寄香鱼甘露煮和手打荞麦面给您。对不起，我一开始完全没想到。

老实说我不知道自己住的小镇有什么特产。听着津田先生说他怀念的东西，才恍然大悟。

“香鱼甘露煮真好吃。以前晚餐桌上出现这道菜，都会抱怨‘拜托，怎么又是这个？’现在回想起来，真是不知惜福。”

“就是嘛。”

我顺着他的话应道，想到几天前我才这样跟家母抱怨过，不由得苦笑。

“河水的颜色也完全不一样了。乡下现代化是不可避免的，但我希望赤松河能维持原样。但是竹泽老师就不知道怎么想了。”

我跟津田先生说老师有东西要交给他，希望跟他见面，我照老师的意思没有提意外的事。但我觉得装出第一次听到的样子也太奇怪了，就不置可否，借着喝啤酒掩饰过去。

“老师没有告诉你吗？”

“没有，老师什么也没说。”

“那要给我的东西是什么？”

我心想糟了。给他信封事情就办完了。没有问他现在的状况，就直接跳到当年的意外，还可能让他不高兴地离开，这种状况我连想都没想过。下次的话用别的理由约见面可能比较好。

但是津田先生接过信封，也并没有要离开的意思。他也打开让我看，里面的文章跟真穗小姐的一样。“我想当飞行员。”下面画着飞机的图。

“那个时候我做梦也没想到自己恐高。老师要把这个给我只是借口，其实是想知道发生意外当天的那六个人现在过得好不好吧？”

被他一语道破我吃了一惊，等于承认被他说中了。对不起……

“我的联络方法是从真穗那里问到的吧？我是六人里的第几个？”

“第二位。”

“也就是说意外的事你只从真穗那里听过？”

“是的。”

“老师有告诉你先找谁吗？”

“没有。老师并没有特别指明。我只是照着名单的顺序联络而已。”

“所以我是第二个？”

本来我应该不着痕迹地探问津田先生的状况，然后跟老师报告，但情势却完全逆转了。

“不，你是第三个。但是真穗小姐在跟我聊的时候，第一个提到的同学就是武之，所以我想接下来就找你吧。”

“哎，真穗说了我什么？”

“她跟老师在水坝公园打羽毛球。武之跑过来叫老师。就这样而已。而且津田先生跟我本来是约盂兰盆节的时候碰面的，所以顺序其实没有多大的含义。”

“接下来你要见谁？”

“根元沙织小姐。她好像在老家。小学的时候觉得别的镇远在天边，但其实都在N市内。”

“对啊。那个时候老师转任到好远的学校去，觉得一辈子再也见不到了，其实还在同一个市内。但是我觉得老师是因为不想看到我们才转任的。”

“为什么呢？”

“那当然是这样啊。要不是带我们去那里，老师的丈夫也不会死。捡落叶老师自己去就得了，要是需要人手的话可以邀其他老师一起去啊。”

“那老师为什么带小朋友一起去呢？”

“是要让我们和好的野餐啦。”

“谁和谁和好？”

“藤井利惠跟古冈辰弥。那两个人家住得很近，知道彼此家里的情况。可能是彼此都很在意对方吧。他们因为小事大吵起来，结果演变成男生跟女生对抗，班上闹得一塌糊涂。老师跟他们两个谈话，要他们和好，所以就变成要大家帮忙捡落叶了。”

“原来如此。那参加的人是怎么选的呢？真穗小姐说她那天没事，而且家里离学校很近所以才去的。”

“原来她以为是那样啊。小时候的话那样以为或许没问题，但长大以后就知道啦。我想老师邀请的同学应该是没有全家出去玩的打算，还有家里没钱的同学。我一直以为因为我是班长所以才找我，但那天看到午饭的便当才发现并非如此。”

“先生做的便当吗？”

“那也是真穗告诉你的吧？”

“对。她说蕗味噌烤饭团非常好吃。”

“有那么多费工夫的菜，她只记得烤饭团，真是暴殄天物。我那天第一次吃到包了虾和白肉鱼浆的蛋卷。虽然我现在收入还不错，也常常去电视上介绍的有名寿司店，但没有再吃过比那更好吃的蛋卷了。”

“我想老师听到你这么说一定会非常高兴。”

我这么说了，津田先生就请我转达以下的话：

“老师可能后悔那天带我们出游，其他的家伙怎么想我不知道，但我是非常感谢的。

“我看到打开的便当，发现当天去的都是班上的穷孩子，真的大吃一惊。我当场觉得羞愧难当，请我们吃饭我也很不好意思。但是先生把菜平均分给大家，还问合不合大家的口味。

“我拿了蛋卷，因为那是各种豪华的菜肴中看起来最便宜的。或许是因为不想让人觉得我在狼吞虎咽。但是吃进嘴里的味道是我从来没尝过的美味，几乎热泪盈眶。

“我家是单亲家庭，我为了不示弱一直都在逞强。我讨厌接受人家给的东西和人家给予的帮助。但那时我觉得心怀感激地接受也没什么不好，以后再回报就是了。

“小孩很单纯吧。只不过是一块蛋卷。

“然而先生竟然在那天就过世了。

“那是一瞬间发生的事。我们三个男生跟先生一起到河边去玩，一面看鱼一面捡石头。

“辰弥说要过河去对岸。先生当时坐在离我们有一段距离的地方。辰弥开始踩着石头过河，阿良跟在他后面，不小心踩个空就掉进河里，一下子就被冲走了。先生立刻就跳进河里。我马上跑到公园去告诉老师。老师急急赶向河边，那时还搞不清楚状况。我慌忙要跟上的时候在石地上扭到脚，等我回到河边的时候阿良跟先生都被救上岸了。

“老师虽然拼命给先生做人工呼吸，但在我看来他已经死了。我忍不住一直掉眼泪。虽然才在一起过了半天，但我非常喜欢他。

“在那之后我就能坦率地心怀感激，接受别人的好意。我上了大学，自己说有点厚脸皮，但现在我在一流的企业工作。放假的时候我还参加义工服务，带着跟以前的我一样的孩子们去登山野餐一日游。要做好吃的便当果然很难。

“至少也学着做蛋卷，但我做的及不上先生的万分之一。然而跟我一起参加义工活动的同伴里有人称赞好吃，我打算明年跟她结婚了。

“这一切都是托了老师的福不是吗？

“所以我想跟老师表达感谢之意。”

我们离开居酒屋以后去了花店。大都市的花店都开到深夜呢。津田先生选的花现在正装饰在老师的病房里吧。突然有人送花老师可能会吓一跳，所以我回来立刻写信跟您报告。

这次的文章可能杂乱不成章法，还请老师见谅。

我见过津田先生之后，更加尊敬老师了。我的班上也有申请免学杂费的清寒学生，不过几千日元的实习费也交不起的学生也很多。还有没法去校外旅行的人。虽然想做点什么，但我没法帮他们所有人。

我觉得自己顶多只能把跟学校要来的打工机会若无其事地介绍给清寒学生。我虽然已经很小心翼翼了，还是会有家长对着我怒吼说：“你瞧不起人吗？！”这样一来就会让我觉得随你们去算了。

但是我想我还是可以尽一点力的。能帮得上忙的应该不只是金钱方面。先生的蛋卷打开了津田先生紧闭的心房，我也想试着找寻让学生们能积极面对未来的方法。

这回便报告至此。

受业

大场敦史 敬上

大场君如晤：

谢谢你的来信。

得知送花来的津田同学的心意，我真的非常高兴。虽然明知道没有时光机，我还是在心中祈祷过无数次想回到那一天。但是我现在终于觉得回不去是件好事了。

我曾经以为贫困的家庭是以前才会有的。我曾经认真地思考过要如何让那些交不起伙食费或远足费的孩子跟其他人一样生活。

我觉得不能以家庭环境决定人生。

然而不知怎的社会上的风气越来越奇怪，我不得不想办法应付分明有钱却不肯交伙食费的家庭，离开现场后还得去跟教育委员会报告，让我觉得时代真是变了。

大场君你们首先得从确认每一个家庭的状况开始。除了金钱之外的援助方式应该是有的。看到你说就算没有立即的成果，也希望能有让大家积极面对未来的方法，让我十分安心。

我想大场君应该办得到。但绝对不要勉强。

同时也谢谢你的好意。我现在有进食限制，等出院以后再请我吃美食吧。你的信总是让我深感温馨。

就此搁笔。

竹泽真智子 草此

3

竹泽老师尊前：

您身体可好？

今天我见到了根元沙织小姐。她结了婚，现在改姓宫崎。我们同住在N市，本以为很快就见得到，没想到五岁男孩跟三岁女孩的母亲甚为忙碌，好像还怀着第三胎。我请了年假，沙织小姐把孩子们送到托儿所之后约了上午见面。地点是一家卖有机花草茶的茶馆。

"有机"听起来很时髦，但在这家店只是拿自家花园里种的香草泡茶的老式茶馆。我点了甘菊茶，沙织小姐点了蓝锦葵茶，我不知道那是什么。端上来时是漂亮的蓝紫色，加入柠檬就变成粉红色，像是化学实验一样，我吃了一惊。

我们喝着茶，我把老师给的信封交给沙织小姐。她把信封打开往里面瞥了一眼，但并没有给我看。

"是要讲那次意外的事吧？老师想知道什么？"

沙织小姐把信封放进包里对我说。

"不是要谈那次意外。老师想知道那天一起出游的六个人现在过得如何。"

"啊，常常在电视上听到什么心理创伤。没事的。如你所见我没什么烦恼，过着正常平凡的日子。我也结了婚。要是现在还单身的话，那或许可能是因为对老师的不信任无法消除的缘故。但现在我可以肯定老师当时的举动。”

“不信任”，真穗小姐跟津田先生都没有提过的词，让我怀疑自己是不是听错了。

要是我追问，之后是否能跟老师报告呢？还是不要追究，聊聊她的孩子们然后就回家呢？那样也能完成老师交付的任务。因为老师想知道的并不是意外的事，而是现在的情况。我虽然这么想，但还是忍不住问了。

请原谅我无聊的好奇。

“您说不信任是怎么回事？老师救了学生，她的丈夫却去世了啊。”

“那只是结果而已。你在来找我之前见过了真穗跟津田？那两个人没有看到意外发生的现场，只知道结果，所以才崇拜老师。”

“到底发生了什么事？”

“我跟老师一起打羽毛球，然后津田就来叫老师。老师跑向河边，我们也都跟着。半路上老师叫真穗去叫救护车。这你已经听说了吧？”

“是的。然后就是津田先生扭到了脚，过了好一会儿才到河边。”

“没错。跑到一半我发现津田没跟上来，但顾不了那么多了。我不知道他为什么没跟上。但他没来比较好。老师当时不应该只跟真穗说，而应该跟我们所有人说去叫救护车，要不就该让我们待在公园等她，自己一个人去河边就好。那样的话我就不用看见当时的情况了。”

“我可以问是怎样的情况吗？”

“您结婚了吗？”

“没有，但是我有想结婚的对象了。”

“您在当老师是吧？”

“我教高中。”

“要是您的女朋友跟学生一起溺水，您会怎么办？要是学生惊慌起来，勒住您女朋友的脖子拼命挣扎，您女友大口大口痛苦地喝进水，情况就是这样的话怎么办？”

我当下无法回答。我在见过真穗小姐跟津田先生之后也考虑过同样的事。但那时候我想象的是两个人分别被水冲走。其实我女朋友有浮潜的救生员执照，水性很好，难以想象她溺水，所以心想我还是会先救学生。

但是要是情况是沙织小姐说的那样，每年我教的学生中都会有一两个情绪不太稳定的，那样的孩子平常比别人安静，要是没有事先听说，常常无法察觉他们的症状。曾经有一次一个看似正常的男同学在上课时突然吼叫起来，大闹教室。他后面有几个女生窃窃私语，他以为是在说他的坏话。虽然我不是第一次碰到这样的孩子，但惊讶的是他在初中的时候就有症状，跟他同校的同学大家都知道，但他的初中老师什么都没提。之后我去确认时，他的老师说怕会影响他入学，所以报告上没写，心想考上高中他的情绪就会稳定下来，不会再发作也说不定。要是让大家用有色眼镜看他，未免太可怜了。

也不是不能理解这种心情，但是一旦发生了什么事情，这个借口就不能成立了。当时我的手被他抓伤，还有几处瘀血，但如果是女老师或者女同学的话，可能会受重伤。

我离题了。我想象溺水的是这位同学，他紧抓着我的女朋友在水里挣扎……

“可能会有人觉得我没资格当老师，但我想应该会先救我的女朋友。”

“为什么？”

“就算有人怀疑我没人性也没办法。女朋友对我来说是世界上最重要的人，我不想失去她。”

“但是您可能就当不成老师了。通过资格考试不容易吧。立定志向努力挤进窄门，就这样简单地放弃了吗？而且现在这个年头，要再找工作可不容易。”

“跟工作比起来，她比较重要。只要她活下去就好。”

我好像真的面临生死抉择，激动地如此断言。

“就是这样。”

沙织小姐说着在我的空杯子里倒了她茶壶里的茶。茶水的颜色比沙织小姐一开始倒的深了。

“老师奔到河边直接跳进水里。我觉得老师赶来真是太好了。她马上就游到两个人挣扎的地方，把良隆从先生身上拉开，然后抱着先生游回岸上，然后拼命替他做人工呼吸。”

“良隆同学呢？”

“老师拉开他以后，就不管他了。”

“老师怎么会这样？！”

“就是这样。幸好良隆完全没挣扎，就静静地浮在水面，在稍微下游的地方被一块大石头挡住，我跟在现场的其他两个人把他拉了上来，让他躺在先生的旁边。叫他的名字，打他的脸颊，他应了一声，我们才松了一口气。然后急救人员就到了。”

“那老师呢？”

“她只顾着先生。但先生完全没有意识，在急救人员看来她这样做一点没错吧？第二天报纸上也登说是良隆先获救的。”

“那你们没有人说出真相？”

“没说。良隆自己都说：‘先生跟老师救了我。’我们要怎么反驳他？但从此我就不信任老师了。”

“这就要看把自己跟自己亲近的人置于怎样的处境吧。”

“我一直望着跑向河边的老师的背影。我跑得很快，紧跟着老师来到河边。半路上老师跟最后面的真穗说打电话叫救护车的时候，我心想还好不是叫我。或许是我不知轻重，但我心里半是不安半是兴奋。

“从水坝公园到河边有大约两百米的散步道，然后走下阶梯，阶梯下到一半就看到溺水的两个人。老师两步并作一步跑下台阶跳进河里，毫不犹豫，真是太帅了。老师在两人下游的地方等着他们漂过去，然后从背后抱住良隆的时候，我几乎大声叫好。

“然而老师却松了手。我望着被河水带走的良隆，完全不明白这是怎么回事。被抛弃了。我脑中浮现这几个字。良隆被老师抛弃了。老师抛弃了良隆。老师——抛弃了学生。

“我呆呆地望着利惠跟辰弥救起被石头挡住的良隆。他俩一人抬肩膀一人抬脚，把又快被冲往下游的良隆拉上来，让他躺在先生旁边，然后照着老师的样子替良隆急救。

“我之所以没有说出真相，可能是因为我自己什么也没做的缘故。我费力紧跟着老师来了，但到了现场却手足无措。电视剧里不常这么演吗？

“小孩掉进河里，妈妈在河边大喊大叫说‘来人啊，救命啊！’然后就有善良勇敢的青年奋不顾身跳进水里，像这样。有没有人想过妈妈自己为什么不跳下去救呢？”

“说的也是。我是男人，看电视总会觉得女人应该没法救人，所以从来不觉得奇怪。但其实……

“说来惭愧，我跟女朋友约会的时候曾经发生过这样的事。情况是没那么严重，我们在公园的池塘喂鸭子的时候，旁边的小朋友不小心失足掉进去了。那孩子的母亲跟我一时惊呆了，我女朋友立刻跳进去把孩子抱起来。她谦虚地说是因为她‘受过救生训练’。但我身为男人实在无地自容，所以我了解沙织小姐的心情。不，我不能这样比较吧。”

“大部分的人都会这样吧。所以老师跳进河里真的非常了不起。我要是老师的话，大概只会在岸边叫‘救命啊！’结果可能两个人都救不成。但是小时候是没办法明白的，只会觉得我是小孩所以难免害怕，而大人先救小孩是理所当然的。所以从那次意外发生后，我不仅不信任竹泽老师，连其他老师都不信任了。

“我家开制作家电零件的小工厂，爸妈都日夜工作，从不放假。我高中的时候工厂倒闭了。当时学校的老师热情地帮我办理申请免除学杂费的手续，还建议我可以申请奖学金和打工，等等，但我没法接受。

“我当时觉得，那位老师是因为自己处于安定的生活中，所以才有余裕设身处地为他人着想，要是自己的亲人遭难的话，他也一定会舍弃学生的吧。

“我真是讨人厌的孩子。我总觉得别人不肯帮我，所以反而自己努力。我要自食其力，取得从业资格好好工作。我考上了牙科护士，认识了来看病的先生。他身材健壮，同事跟朋友都说他看起来很可靠，很羡慕我，但那时我完全不信任他。

“但是我还是跟他结婚了。您要跟老师报告我的近况的话，请强调这一点。要是不信任大人，连婚也没结，老师一定会很牵挂吧。大场先生应该也难以启齿。

“一个人在紧要关头究竟可不可靠，不到那时候是不会知道的，要是老是等那个时候到来，搞不好一辈子就过去了，所以还是能一起快乐地过日子最重要。

“就算不救我也没关系，只要你能顾好自己。

“看到我先生的话你根本想象不到他不会游泳。长大以后就很少有游泳的机会了，所以以前根本没提过这事，我是去年才知道的。我儿子听到幼儿园的小朋友说，暑假的时候到爷爷家附近的海水浴场去游泳，就跟我先生说：‘我也想去游泳。’结果我先生说：‘爸爸不会游泳啊。’我还以为我听错了。

“我们的小学每个年级都有不同的距离目标，不会游的同学都要练到会游为止。暑假每天都得去学校，一年级下学期的时候全班都能游二十五米了，毕业的时候能连续游三百米。大场先生你们学校如何？”

“我们学校也是这样。这好像是市教育委员会决定的。我虽然会游泳，但体力不支，为了能游三百米，暑假期间一直接受竹泽老师的特训。”

“没错没错，竹泽老师以前好像是游泳选手。就算不是班主任，暑假的特训也是由竹泽老师负责，所以我游泳等于是竹泽老师教的。她会说‘来当土左卫门吧’。”

“我那时候也是。我是个自己认定某种理论就认死理的小孩，总觉得人怎么会浮在水上，应该是挥动手脚才不会沉下去吧。所以我游泳的时候姿势比别人夸张两倍，但只是消耗更多体力而已，反而游不动了。我参加训练的时候老师也说‘当土左卫门试试看吧’。

“我不知道土左卫门是什么，以为是哆啦A梦。虽然不太明白，但还是学着伸直手脚，啪地倒进水里。”

“然后就浮起来了！”

“对。我心想，咦，怎么不用挥动手脚就浮得起来，还感动了一下。”

“我们一年级的时候就会了，完全不知道这世界上有不会游泳的人。但是我先生的小学好像是以次数来决定的，上了游泳课，不会游也不训练，老师也不会生气，所以不会游泳也毕业了。并不是他运动神经不好，他是橄榄球选手，还参加过全县的决赛，所以我才更惊讶。但是那个时候我突然想到了。

“老师的丈夫会游泳吗？要是一家人一起去游泳，别人家的孩子跟我先生一起溺水的话该怎么办呢？我当然会救我先生。当然他对我非常重要，但我更不想让孩子们失去父亲。在旁观者看来我就是个卑鄙的大人吧。不顾别人的孩子只救自己的老公。

“但是没办法啊，我先生不会游泳。不，就算会游泳，要是他溺水了我还是会救。我没法当机立断想到小孩会游泳先生不会。总之救先生就是了。

“然而要是真的发生这种事，我大概只会在岸边大叫：‘救人啊！’

“说什么老师和学生、成人与儿童，发生事情的时候大家就觉得双方好像关系非常亲密，但事实上也就一年，顶多几年的接触，只是彼此人生中的一小段插曲不是吗？

“学生跟老公要救谁？好像很困难的抉择，但不管是谁答案都一样吧。我终于明白会说冠冕堂皇大道理的人只不过是还没碰到这种情况而已。

“之所以不信任老师是因为那时我是小孩。要是老师当时救了良隆我可能会很感动，但现在结了婚，就会觉得老师虽然是个好老师，但身为人妻和对家庭的责任呢？应该会产生另一种不信任吧。

“不管怎么说，家人是最重要的。我先生和小孩都在上游泳学校。我儿子在上小学之前就已经能游二十五米了。很厉害吧！

“但要是我家的孩子发生那种事，我还是希望老师能救小孩，不管小孩会不会游泳。

“请替我跟竹泽老师问好。”

听到沙织小姐的话之前，我也完全没想过老师的丈夫会不会游泳。沙织小姐说了不管怎样都会救对自己的人生而言重要的人，我很羡慕沙织小姐的先生。然而我觉得老师当时应该是经过冷静的判断吧。

丈夫跟良隆同学溺水了。丈夫不会游泳，但良隆会游泳。而且良隆从一年级的时候就知道静止不动就能浮在水面。总之先让良隆冷静下来就好。老师先抱住良隆，让他冷静下来，然后放开他，把先生救回岸上。

老师的确先救了良隆同学。所以良隆自己也这么说。

我曾经以居高临下的姿态，心想老师先救自己丈夫也是人之常情，真是太惭愧了。

老师和学生的往来只有短短几年，而且还可能是一天里几个小时。但是让我想不到这世界上还有不会游泳的人，觉得会游泳是理所当然的，是由于老师的教导。而且那还是意外发生之后的次年，老师完全没说“为了防止万一”这种强迫大家接受、让小孩子不安的话，而只教导大家游泳是多么有趣的事。

我想包括我在内，很多做老师的都要求回报。“托老师的福，我才考上了某某大学。”听到学生这么说，当老师的都会想跟大家炫耀吧。反过来学生的社团活动得奖的时候，要是一副全是自己的功劳的样子，老师也会满心不高兴，心想是谁指导你们的啊。

我真的是心胸狭小的人。

学生没有特意来跟我说“都是托了老师的福”也没关系。我教的事情，要是能让学生们在不知不觉间吸收浸润，连是谁教的都没注意到就好了。

接下来我想跟古冈辰弥先生联络。古冈先生的电话也打不通，但我中学的朋友在区公所上班，我跟他说了之后发现他跟古冈先生上同一所高中，就请他替我调查他的联络方式。我上的是学区外的私立高中，要是跟大家一样上公立学校的话，可能会碰到这六位同学中的哪位也说不定。

这么一说我也觉得当天我仿佛在场……

老师跟先生，以及这六位同学之间发生的事，是不是对我而言也开始有某种意义了呢？我觉得老师好像是要我注意到某件重要的事，才写信给我的。

我会再跟老师联络的。

受业

大场敦史 敬上

大场君如晤：

谢谢你的来信。你跟沙织同学之间的会话应该很难以启齿，谢谢你据实告诉我。不只是沙织同学，我想看见我跳进河里的孩子们应该都不信任我了吧。

正如你信中所说，我先生不会游泳。要是我先生说要带孩子们去海边，我可能会有所顾忌而反对。因为去的是河边我就大意了。当时不是游泳的季节，学生们也很习惯在河边玩耍，我做梦也没想到会出事。河川对我而言是习以为常的存在，我想对孩子们也是一样的。

但是良隆同学却不是如此。他是四年级的春天从别的县搬来的转学生。他虽然会游泳，但应该无法静止不动让自己浮起来。要是他有很多喜欢在外面玩的朋友的话，或许会比较习惯河边。

然而他喜欢在教室一角静静地看书。这并不是坏事，但当时并不像现在这样尊重个人的自由。孩子们应该在外面跟大家一起玩耍，不把他教成这样是不行的，当时的确觉得需要这样做。

所以我邀了良隆同学一起去捡落叶。我本来应该特别注意他的，但他失足落水，我却救了我先生。

大场君好意地解释成良隆同学知道如何当土左卫门，只要让他平静下来就好，但我背叛了大场君的善意。或许我不该写这些。但那样的话我当初就不必请你去找那六个人了。

良隆同学获救只是结果而已。他能浮起来随波逐流，应该是我将他拉离我先生的时候，他喝了几口水昏过去了。所以我很担心其他的孩子是不是也很不安，或许我该在转任前好好跟他们谈谈的。

但是当时我办不到。对他们来说，现在我做的事可能都是马后炮，只是为了自我满足。就算这样我听到三个人都各自过着幸福的生活，还是十分欣慰。

当时的小学生现在也已经为人父母了。沙织同学能毫不犹豫地说家人最重要，真是非常成熟稳重。我把我先生放在第一位，忽略了良隆同学。但也因为这样，我失去了更重要的东西。

不顾一切跳进河里，最后良隆同学获救了，那到头来这样做或许还是正确的。但就这样下结论可能还太早吧。

给你添了许多麻烦，真是不好意思。

剩下三个人也万事拜托了。

竹泽真智子 草此

4

竹泽老师尊前：

您身体状况如何？

每天都非常炎热，我快要熬不住酷暑了。去学校也只能一直躲在有冷气的教职员办公室里。说这种没出息的话，可能是因为前几天跟古冈辰弥先生见面了，他整天都在大太阳底下工作，真是让人敬佩。

古冈辰弥先生在市内一家叫作“梅竹组”的建筑公司上班，现在正在负责赤松河下游河滩的整顿工作。

之前的三位听到老师的名字就知道是要谈意外的事，因此我说了我是在N市高中任教的大场，想跟S小学的毕业生聊聊。他回问我：“为什么？”我脱口而出说是广播部要采访。我以为自己回得很不错，但他又问我说留在本地的S小学毕业生还有别人，非得采访他不可吗？

我说绝对想请古冈先生帮忙，他就说你是想问那次意外的事吧。我一时语塞，他说关于那件事我没啥可说的，然后就把电话挂了。

我被自己的浅薄短视打败了。对曾经经历过意外的人说因为意外事件要采访他，当然会引起人家的戒心。结果我发短信给他说是竹泽老师有东西要交给他，不想提起意外让他心生警戒，所以一开始说了谎。

古冈先生回我短信说，那你早说就好了。他答应和我见面。

我们去的地方是镇外的一家小料理店。我本来说要去离古冈先生的工作场所近的地方，但古冈先生说想去不会碰到认识的人的地方慢慢聊，就带我去了那里。结果那家店我去过好几次。

老师应该能了解，在私人时间碰到学生或家长并不是什么好事。特别是约会的话必须慎选地点。只要被人看到过一次，立刻就会传得尽人皆知，什么时候结婚啊之类的八卦满天飞。知道我交了女朋友，就有热心的同事告诉我不为人知的小店，结果就是古冈先生带我去的这家。

古冈先生好像是第一次去。他问朋友有没有可以安静谈话酒又好喝的地方，人家告诉他的。我问他，贵友是不是某某先生啊？说了我同事的名字，结果世界还没小到这个地步。

只有六个人的柜台座位和两张桌子的小店里，老板娘立刻捉弄我说："今天没有带可爱的女朋友来啊。"我们在里面的桌位坐定，连古冈先生也取笑说："什么，原来老师跟女朋友都来这里幽会啊。”这里我不是第一次来，本想应该可以主导情势，但倒了啤酒举杯互敬的时候就已经被古冈先生占了上风。

“老师，那次意外竹泽老师说了我什么吗？”

我本来想两人先吃点东西慢慢闲聊的，他突然就先发制人了。

“请等一下，古冈先生。我的确是受了竹泽老师之托来跟您联络，但老师想知道的并不是那次意外的事，只要知道您现在的状况，不提那次意外也可以的。还有就是请不要叫我老师。”

“你是老师不是吗？”

“我是从事教职，但我并没有教过您。”

“但是你最初自我介绍的时候就先说你是在哪里教书的谁谁不是吗？那我岂不是非叫你老师不可。”

“通常自我介绍都不会提职业？”

“据我所知大概只有医生跟老师会提吧。话说回来今天你要跟我见面，跟你是老师有任何关系吗？”

“是没关系。只不过因为是初次见面，觉得除了名字以外再说明职业应该比较不会引人起疑。”

“这样啊。因为你有自信，觉得自己从事的职业是值得社会信赖的。”

“您怎么这么说，职业哪有信赖不信赖的分别。”

“那如果有人突然打电话给你，说‘我是梅竹组的古冈辰弥’，你觉得如何？”

“我大概会觉得建筑公司的人找我做什么吧。要是我是县外的人或许会惊讶，市内的话大家都知道‘梅竹组’这家公司啊。”

“是吗？难道不会有道上的那种印象？”

“不会，我从没那么想过，也没听过别人这样说。”

“那应该是老师没注意到吧？要是你妹妹要跟‘梅竹组’的人结婚呢？”

“我是独生子，但我想我不会反对。”

“这样啊……但是小孩呢？学校的作业有要写爸妈工作的作文吧。”

“我父亲的工作是整理镇上的环境，不是很帅吗？‘梅竹组’搭桥铺路、整顿河滩、负责校舍的耐震工程，对镇上有很大的贡献，老实说我很羡慕具体成果能流传下去的工作。”

“那你也去建筑公司上班不就得了。你是因为自己有着稳定的职业，所以有余地称赞别人不是吗？当老师就是这么回事。叫学生写作文、画画，要是有人有问题的话，之后再解决就是了。要是这样的话，一开始就不要叫人写了啊。”

“所以最近都不会出这种作业了。现在家庭环境多样化，家里一定有双亲、父母有工作等已经不是理所当然的事了。父亲节或母亲节也不叫学生画爸爸或妈妈的画像，父兄参观日也改成监护人参观日了。”

“现在这社会变得真亲切啊。要是那个时候也这样，或许意外就不会发生了。”

古冈先生脸色一沉，一口气干了啤酒。我以为他是个豪爽干脆的人，结果他拿跟正题没关系的事捉弄我，让我有点不高兴，但或许他是在试探我接下来会用怎样的态度听他要说的话也未可知。

“喏，你叫什么名字？”

“大场敦史。”

“可以不必用敬称吗？”

“请随意。”

“大场家只有母子两人，而且母亲是在宾馆工作，父亲节得写爸爸是做什么的作文，没办法写的话那就写妈妈或爷爷奶奶都可以。要是老师出了这样的作业要怎么办？四年级的时候。”

他肯叫我的名字，我觉得他似乎稍微敞开了心房，有点高兴。但我无法回答他的问题。因为我知道古冈先生并不是在讲别人的事，而是在说他自己。

古冈先生的杯子空了，我也把剩下三分之一的啤酒喝掉，然后问他要点什么，借此转移了话题。大人真是卑鄙啊。借酒逃避，最糟糕的情况下还可以装醉，不想听的话都可以假装没听到。但是小孩无法逃避。我知道老师出这样的作业并没有恶意，而是要小孩了解父亲的职业，从而心怀感激。老师可能觉得现在这个时代特别需要这种训练。

即便如此，要是我站在古冈先生的立场，果然也会觉得不知该怎么写这篇作文，可能就不写了。但是，我可以想象小孩会觉得就算交不出作文，竹泽老师应该也能理解。就算很难受，但应该不会被追究吧。

但那只是老师跟学生间一对一的关系，小孩其实更在乎其他小朋友的反应。自己小时候分明非常介意，为什么长大就忘记了，还能不负责任地对学生说“管好自己就好，不要管别人那么多”呢？

我一面深思，一面喝着新送来的啤酒。古冈先生开口了：

“你没办法回答吧？”

“对不起。”

“不，总比假装明白好多了。你是那种现在流行的叫什么系的男人吧。女人说什么都默默点头，一定也从来没跟女朋友吵过架。”

正如古冈先生所说，我跟女朋友交往以来从来没吵过架。但那并不是我们完全没有意见不合之处，而是大家都有顾忌的缘故。特别是她不是像我这种随和的类型，非常有主见，但她似乎在压抑自己，我反而对我们不吵架感到不满。然而那应该是我包容力不够的缘故。

“我从小时候就成天打架。作文题目出了以后，住在我家附近的女同学问我说：‘你作文要怎么写？’我就火大了，回她说：‘你看不起别人家啊。你老爸不工作光喝酒打人，这你写得出来吗？’其实她可能是出于好意才问我的。”

“那她怎么回答？”

"那家伙脾气比我倔十倍。她说：'我写我妈啊，当护士是好工作，我可以写好几张稿纸，在大家面前念出来我也一点不丢脸。'她这不是在说我妈做的是见不得人的工作吗？我火大了就揍她。"

"您打女孩子吗？"

"我才十岁啊，哪分什么男女。那时候她还比我高呢，我打她，她就踢我的肚子，彼此彼此吧。但其实分出胜负比较好。我们在教室里打架，旁边看热闹的也加入，演变成男生跟女生对抗。"

"竹泽老师呢？"

"那时候不在教室，但马上就知道了。放学后她把我们两个叫去，骂了我们一顿'说别人家的坏话是最卑鄙的'。我们虽然互相道歉了，但可没办法立刻就'握手言和'。所以老师就计划了野餐让我们和好。"

"不是去捡落叶吗？"

"当然不是。"

"吵架的对象是藤井利惠小姐吗？"

"对了，竹泽老师要你找的不只是我吧。我和利惠、良隆吗？"

"不，全部六个人。"

"那可真辛苦。所以你还没跟利惠联络上是吧？"

"您怎么知道？"

"利惠也留在老家，我们偶尔会联络。她没提过你的事，我心想为什么光找我啊。好吧，我也没跟利惠说你来找我就是了。利惠的近况就由我顺便跟你说可以吗？”

古冈先生直呼利惠小姐的名字，让我有点不愉快。那是因为我自己没法直呼女朋友的名字，根本没理由迁怒到古冈先生身上，但我却决心一定要跟利惠小姐见面。

“我答应了老师，可能的话还是希望直接见面。”

“这样啊。好吧。要是她之后从别人那里听说竹泽老师的代理人来找当时的六个人，却没找她，一定生气觉得我多管闲事。她还是跟以前一样动不动就发脾气。”

“总之你去见她，跟她随便聊聊好了。意外的事我连她的份一并跟你说了吧。”

“真的不必这样，只要说说近况就可以了。工作的事之类的。”

“少蠢了，老师才不会因为想知道这种事而特意拜托别人的。你试着不要提那次意外，直接说过得很好试试。老师绝对会以为我把那时候的事忘得一干二净了。说实话本来都是我们的错。”

“我们？”

“我和利惠啊。要不是我们因为无聊的事吵架，老师也不会计划野餐让我们和好。要捡落叶不用特别跑到赤松山去，学校附近的神社里多的是。到那儿捡不就得了。要是我们互相道歉以后，跟平常一样随便说两句话就好了。”

“但是小孩没那么容易和好吧。”

“不对，不是那样。我之所以躲避利惠，是因为她在回家的时候又跟我道过一次歉。而且还是边哭边说对不起。其实说了难听话的只有我，为什么那家伙要一直道歉啊？

“我觉得不好意思，就拼命躲她。”

“这种感觉我明白。她非常洒脱就反而显得我窝囊，让人非常郁闷。对不起，拿我自己跟您相提并论了。”

“一样的。所以你也不要用敬称了。”

“也是，我们同年。”

我这么一说古冈先生非常惊讶。他跟真穗小姐相反，好像以为自己比我大。他跟我说“不好意思啦”。我觉得他真的非常直率。

他也非常严肃地看待那场意外。

“我和利惠都觉得老师丈夫的死是自己的错。要是我们不吵架就好了。她是这么觉得的。要是只有她去野餐我不去的话，就不会发生意外，她就吃吃好吃的便当，愉快地打羽毛球然后回家。”

“难道说去河边玩是古冈你提出的？”

“那也是原因之一。我跟她一起吃便当就觉得坐立难安了，更别提打什么羽毛球。”

“那只是碰巧你先说出口吧。津田先生或良隆先生也有可能说的。要是我的话，去水坝公园我也会想去河边玩而不是打羽毛球。”

“但是大场就不会强迫不想去的人一起去吧。在河边说要去对岸的人是我。津田说‘好像很好玩’，但良隆说‘还是不要啦’。那时我啧啧说‘真是无聊’。他就说‘那就去吧’。他跟在我后面，脚一滑就掉进河里了。

“现在想起来良隆平常就很乖，从来没说过‘不要’这种话，应该是鼓起了很大的勇气才出口的。他落水以后先生立刻跳下去，津田去找人帮忙。老师来了立刻跳进河里，利惠和我也跳进去。要是良隆落水的时候我立刻跳下去就好了。”

“那样不成。要是连古冈你也溺水了，岂不是更糟。”

“总比不会游泳的先生跳下去要好吧。”

“原来你知道。”

“一看就知道了啊。先生跳下去以后，我心里就想，这人不会游泳啊。你看，是我的错吧。你就这样跟老师说吧。不用管利惠了。但那家伙无论我怎么跟她说她都不听，认为是自己的错。”

“呃，你是不是喜欢利惠小姐？你们在交往吗？”

“没在交往。但我们都抱着罪恶感，所以时不时会聚在一起。在那之后我绝对不想再让她哭了，也不想让她看见我没出息的样子，努力锻炼过身体。过了二十几年，不久之前我才发现其实不是这么回事。那家伙参加同事的结婚典礼以后，哭得稀里哗啦的。并不是被婚礼感动了，而是因为同事的对象是医生。她也想嫁一个那样的人，但没什么希望，只好放弃了。”

“她自己这么说的吗？”

“她是没说，但我知道。是我害死了先生，我不能结婚的。

她一定会这么想。”

“那古冈你就跟她求婚……”

“小心我揍你噢。要是我跟你一样当老师，早就求婚了。在那种明年会怎样都不知道的公司做事，怎么能说那种不负责任的话啊。”

“但是‘梅竹组’不是都负责大工程吗？”

“在此之前状况都不错，但最近一两年不行了。这次整治河滩的工作结束之后，就没有下一个案子了。而且就算我没被裁员，她要是跟我在一起的话，不就永远没法摆脱那次意外的阴影了吗？所以我就说：‘跟你这种顽固的女人在一起闷死了，你还是去找个医生或是公务员之类的金龟婿嫁了算了。’”

“这是说我是老师所以是金龟婿吗？”

“真令人羡慕啊。要是你没女朋友，我现在就把利惠叫来介绍给你了。”

“你分明没这个意思。而且那样的话不是给利惠小姐添麻烦吗？就算你要打我我也要说，我觉得利惠小姐是喜欢你的。”

“所以我才被打吗？”

“利惠小姐打你？”

“甩我巴掌呢。”

“那果然没错。”

“不是吧。我完全没有让利惠喜欢的地方。而且要是她说喜欢我的话，那也不是爱，而是同情，要不就是奇怪的责任感。不管是什么都谢谢，不必了。好了，不要再说我跟利惠的事了。

“对了，竹泽老师。我希望老师好好享受人生。现在是人生六十才开始。既然退休了就应该去国外旅行，唱唱 KTV 之类的。但是老师竟然住院了，还挂念二十年前的学生。我能帮上老师什么忙吗？”

“那么古冈你就……”

“等等，不要说。你是代替老师来的，轮不到你说。还是去问老师吧。然后就是你去找利惠的时候，不要跟她说老师在住院，就跟她讲老师在大阪过得很好不行吗？”

“你要我随便说谎那才不行呢。我得先取得老师的同意才行。”

“你真是死脑筋啊。所以当老师的都让人头大……”

古冈先生就这样醉倒了。我在店门口叫了出租车，扶他上了车。我还是觉得十岁的古冈没有跳进河里是对的。就算他会游泳，要救的对象是跟他同年纪的孩子，要自己把他救上岸绝对没有想象中那么容易。再加上当时良隆同学勒着先生的脖子惊慌失措，一个不小心两人都可能淹死。

要是那个时候这么做就好了，人生就是不断重复这个念头而累积起来的。古冈先生跟利惠小姐背负着太多的罪恶感。这不是他们的错，也不是老师的错。

我是否不该光凭臆测这么写呢？凭我短短的教职生涯经

验，唯一想得出的理由就是意外发生之后，周围没有大人对他们两人说“不是你的错”“不要介意”“忘了这件事吧”。

所以他们俩一直觉得是自己的错。

古冈先生生我的气是有道理的，我的任务只不过是听他说话然后跟老师报告而已，没有立场表达任何意见。或许我也说了伤害老师的话。但我不能凭一己之见编辑古冈先生说的话，虽然不知这样的判断是否正确，但我忠实地呈现了我和古冈先生的对话。

古冈先生想问老师的事情，您要是不想让我看到而直接回答古冈先生的话，我有写下古冈先生的地址，要是您寄封口的信封给我，我一定绝不打开直接转交。

请拯救仍旧为那次事件所困的人吧。

这回报告至此。

受业

大场敦史 敬上

附记：

我完全忘记老师要我转交的信封了。我会把给古冈先生的信封跟这封信一起寄出。真的非常抱歉！

大场君如晤：

谢谢你的来信。我拜托大场君跟六位同学见面一事，竟然让大场君伤心了，真是觉得非常对不起你。

古冈同学当时是非常活泼顽皮的孩子，因为家庭环境的关系会跟人吵架，但他对大家一视同仁，心地很善良。他跟利惠同学是青梅竹马，我觉得他们很在乎对方，才十岁的孩子虽然会为他人着想，但要是他人为自己着想反而会不好意思，偶尔会恼羞成怒。

我身为他们的老师，努力想要解开这两个十岁孩子之间的误会，让他们和好。现在他们都已经长大成人，要撮合他们的话好像有点多管闲事了。只不过要是阻止古冈同学心意的是他对自己职业的自卑感的话，我交给大场君的信封让古冈同学打开以后，应该就没问题了。

他们吵架的原因是作文题目啊。

为了让他们和好叫他们两个过来的时候，没有人提起作文。古冈同学说利惠同学取笑他母亲，利惠同学说古冈同学取笑她父亲。我难过地听着，虽然他们常常这样，但这都是我思虑不周的缘故。

要那些孩子写家人的作文是很残酷的事。但为了少数人而在教学的时候完全不触及家庭，我觉得这样是不对的。到底怎么做才对呢？只能说我并不否定家庭的多样化，但家庭是无可取代的存在。我结婚了真好。

能遇见互相理解的人，是人生无限宝贵的财产。就算只有短短的几年，也会永远留在心中。我现在才跟你说这个，可能你会觉得我很卑鄙，其实那天我先生就算不跳进河里，他的健康状态也未必能够跟我一起去看第二年的红叶了。

我在三十三岁的时候跟上班族的他相亲结婚，他在两年之后发病，辞去了工作。我们两人商量好了，要好好珍惜剩下来的日子。享受四季的变化，留下每个季节的回忆。

他很喜欢小孩。

我不知道他有没有察觉，去捡落叶是要让我先生跟同学们都能开心的活动。准备美劳作业、让古冈同学跟利惠同学和好、让班上贫困家庭的孩子们享受假日，这些或许都是原因，但最主要是为了我先生。

我拜托他帮忙捡落叶，他跟小孩子一样兴奋，说既然如此那就顺便野餐吧。他很期待那天出游。为了做好吃的便当，还买了食谱来参考，好几天前就开始想要做什么菜。我家的餐桌并不是经常能看见那些豪华菜式的。

良隆同学失足落水的时候，他虽然不会游泳还是跳了下去，我想他是为了拯救未来无限光明的孩子，所以才毫不犹豫、奋不顾身。

我们的夫妻生活短短七年就结束了，但我相信有那七年才有现在的我。要是我先生知道有孩子因为他的缘故无法幸福，绝对会比我更难过。

我希望能跟我先生说六个人都很幸福。还剩下两位，虽然想继续拜托你，但现在这样也足够了。

不继续也无所谓的。

请千万不要勉强。

竹泽真智子 草此

5

竹泽老师尊前：

近来贵体是否无恙？知道了先生的事后，我决定找到剩下的两个人跟您报告，但花了一点时间，还请您见谅。

我本来打算接下来跟利惠小姐见面，发短信问古冈先生，他回我“还是不想告诉你”，从那之后他就拒绝接收我的短信。

之前我试图跟生田良隆先生联络，他的电话也打不通。我问了真穗小姐，她说他国中二年级的时候就搬家了。我一时束手无策，可能是之前四个人太过顺利了吧。

我先打电话到生田先生就读的本地中学询问他转到哪所学校，问到了转去的学校，到那边去询问他当时的住址。本来因为之前跟古冈先生的教训，不想表明职业，但这次我的老师身份帮上了大忙。我写信到他们告诉我的地址去，那里是良隆先生的奶奶家，他们替我转交了信。

生田先生回了我电邮，只有一句话说不想见面。我回说竹泽老师有东西要交给你，他回说不想收。他不愿意再想起那次意外了。

于是我就说，即便是短信也好，请告诉我您目前的情况好吗？只要几行字就可以，让我能跟老师报告就行……

他回说希望这是最后一次联络了，附件的内容要不要给竹泽老师看都随我。我打开附件，是良隆先生的手记。我迟疑了一会儿，还是复印出来跟这封信一起寄给老师。

我不打算继续要求生田良隆先生跟我见面了。

这样可以吧？

老师交给我的信封我打算用邮寄。

谢谢老师的关怀，只剩下最后一个人了。

我会试着设法说服古冈先生的。

受业

大场敦史 敬上

以下是生田先生的信：

我因为父亲工作的关系，小学四年级的春天从外县转到N市市立S小学。这是上了小学之后第二次转学了。

我个子小，不擅长运动，休息时间总是在教室的角落看书，我觉得这样很好。但在班主任看来我好像是没有朋友的可怜小孩吧。

休息时间跟同学玩躲避球就是健全儿童，一个人留在教室里就是问题儿童。真是多管闲事。

班主任先是试着硬推朋友给总是一个人的我。既然要这样的话，推给我喜欢看书的模范生就好了，但她可能是想设法把我拉出去玩躲避球吧，找了个霸道又喜欢打架的孩子王。

下课钟响时，她叫住这个立刻想要奔出教室，叫作古冈的小孩，跟他说“带良隆同学一起去吧”。这种说法根本就是错的。听起来就像是代替想跟大家打成一片但又没胆不敢开口的同学拜托似的。我什么时候拜托过这种事了。古冈被老师拜托，就得意扬扬地对我说“那就一起来吧”。说完就拔腿跑出去。我没办法只好跟着他一起去。在那之后也一直都是如此。

我没有跟古冈同学并肩走过。总是跟在他和他的朋友们后面。看见满足地望着我们的班主任的脸，我简直要吐了。

一旦跟过他一次，要离开就没那么容易了。我说今天想看书，不想出去玩，古冈就会啧啧说“真是无聊”。周围的人也都带着厌烦的表情。要是我自己一个人留下来，他们明天就不会来邀我了吧。这么一想就觉得不得不去。一开始我并不讨厌自己一个人，但是现在不想自己一个人了。在以前的学校我曾因为一些小误会被班上带头的同学讨厌过，整整被欺负了半年。我虽然讨厌出去玩，但总比被欺负好。

然后就到了那天。

“去捡美劳作业要用的落叶吧。”来邀我的不是班主任而是古冈。是古冈自己来的还是班主任叫他来的，我到现在仍旧不知道。连放假日都要出去玩让我心情很坏，但我没法拒绝。

但是真的去了却很愉快。班主任的先生也是很安静的人，他教我们认识各种树木、昆虫。难得有人教我们，古冈跟津田他们却在那里用橡实互丢玩耍，女生则在聊昨天晚上看的电视，真是太没有礼貌了。我专心地听着，先生就告诉我鸟叫声的区别。

“你知道拟声语吗？就是把鸟的叫声置换成人话。树莺的叫声是法、法华经，绿绣眼的叫声是谢了谢了谢满地，大白眉是敬启者钧鉴，燕子是地球、地球、地球仪。”

吃完饭以后我们去水坝公园玩。羽毛球跟河边，两个我都不喜欢，但先生要去河边，可能还能听到有趣的话题，就满怀期待地去了河边。但是先生好像是累了，他靠着河边的石头坐下，说“我坐这里，你们去前面玩吧”。

一级河川赤松河我在上下学的时候已经看习惯了，放学以后也曾经跟古冈他们去河边玩过。但那里深得不像是同一条河。

水非常清澈透明，可以看到河底的砂石和游来游去的鱼，同时也看得出要是掉下去的话脚是踏不到底的。掉下去的话就会溺水。我并不是不会游泳，但是听着奔流的水声，我知道河川跟学校的游泳池完全不一样。

古冈说要过河去对岸。河面大约有五米宽，有个地方有间隔大约五十公分的踏脚石，他说要从那边过去，但我站在河边就脚滑了。

“不要啊。”

我鼓足勇气这么说，但他啧了一声，不予理会。没问题的，小心慢慢走就没问题。我一面对自己这么说，一面一步一步往前走。不知从哪儿传来鸟的叫声。它在说什么呢？我这么想着，抬头望向天空的瞬间，右脚踩的石头倾斜了，我失去平衡掉进河里。

我醒来的时候已经躺在医院的病床上。我看见父亲跟母亲的脸。太好了，太好了，母亲边哭边说。抱着我不让我被河水冲走的是先生。我也记得班主任的脸离我很近。是他们俩救了我。啊，太好了。我再度闭上眼睛，想起了大白眉的叫声，完全不知道先生在同一家医院去世了。

敬启者钧鉴——

父亲告诉我先生死了。母亲不停地说“不是你的错”。但不停地听到这句话让我觉得像是在说就是你的错一样。这是事实。先生是被我害死的。

但是没有任何人责备我。母亲陪我回学校的时候，大家都说“你获救太好了”。但没有人提到先生。同学没有，班主任也没有。我甚至觉得是不是爸妈搞错了，先生并没有死，因为没有半个人提这件事。

我爸妈大概跟班主任道过歉，班主任以宽大的态度原谅他们了吧。“连先生的份一起努力”成了我母亲的口头禅。那或许是班主任说的也未可知。但光是自己要活下去就费尽全力的人，要怎样连别人的份一起努力呢？是不是该当医生或急救人员，从事救人性命的工作呢？但是我并没有特别出类拔萃的能力。

念书普普通通，运动不行，兴趣是看书，自己的人生是这样的话我就很满足了。但是要是有人为了救我这种人而丧失了性命，或许会连那人的人生也被否定。我非得要成为有资格让人舍命救我的人不可。早知道那时候干脆死了比较好。

我勉强考上了三流大学，却不去上课，不停地反复伤害自己，每次失败我都憎恨自己的存在，想着我连求死都不能。

有一天，我茫然在街上走的时候，听到了鸟叫声。我抬起头，看见公寓屋顶上有个女人正攀越栏杆。我急忙跑到附近的派出所，事情闹得有点大，但那个女人平安获救了。女人的丈夫不断地感谢我。我虽然不知道女人为什么要那么做，但我算是救了一个人的性命了。

这样欠先生的情就抵销了吧。

我并没有征求别人的意见，而是不断对自己暗示，已经结束了，已经结束了。先生已经原谅我了。因为那时候我听见了鸟叫声不是吗？

从那以后我只为自己而活。我在制作办公用品的小公司上班，休假的时候就看书、散步，我很满意这种生活。

所以就让那个意外至此结束吧。

大场君如晤：

谢谢你的来信，也谢谢你寄来良隆同学的手记。

正如手记中所说，我对良隆同学的双亲说："良隆同学连我先生的份一起努力的话，我跟我先生就都无憾了。"那时候我真的是这么希望才说的，没想到这是最不该说的话。

把良隆同学逼得走投无路是我的责任。他已经凭自己的力量站起来，稳健地继续生活，这样我就安心了。敬启者钧鉴，地球、地球、地球仪。那个人喜欢倾听自然的声音。那天也聊到了这个啊。他一定觉得野餐非常愉快吧。

至此我已毫无遗憾了。

利惠同学的话，我想不久之后她应该会主动跟大场君你联络的。或许这封信寄到的时候，你已经见到当年事故的第六个人利惠同学也说不定。

大场君，真的让你费心了。我拜托你这种事，真的感到很对不起你。

我好像到最后都是不成才的热血教师。请原谅我吧。

衷心祝你一切顺遂如意。

竹泽真智子 草此

6

竹泽老师尊前：

您身体可好？这是我最后一封跟您报告的信了。

老师您或许已经注意到了，从第一个人真穗小姐开始，我就在见面时将会话内容录了下来。这是广播部采访时的习惯。本来想征求他们的同意，但那样的话他们可能就不肯有话直说，所以虽然觉得不好意思，还是偷录了下来。

这次我没有录音，但我有自信可以一字一句真实重现，因为我们两人的谈话仍旧在我脑海中徘徊不去。

老师虽然在上次的信中说已经满足了，但我觉得还是非得跟老师报告不可，而且老师应该也有知道的义务。

我接到老师的信之后，就一方面等待利惠小姐的联络，一方面重回日常生活。我去暑假中的学校上班，悠闲地指导社团活动，研究教材，时间到了就下班回家。五点就可以下班也就只有这个月了。就在此时我的女朋友发短信约我见面。以前也跟您报告过，她在县立医院当护士，我放暑假以后她一直很忙，无法见面。她发短信来说她轮班休假，可以见面了，我非常高兴地回复了她。我跟她见面通常都在周末，为了避人耳目，以前去跟古冈先生见面的那家店，但很久没有在平日里见面了，所以就订在意大利餐厅约会。

其实上次见面时，我曾经说过“你愿不愿意考虑一下结婚，之类的呢”，这种类似求婚的话，但因为加了“之类的”这样好像开玩笑的讲法，被她说“你喝多了”，就不了了之蒙混了过去。

但是最近半个月来，我跟二十年前经历过那场意外的同龄者会面，慢慢地开始重新思考自己的人生。不拘泥于过去，活在当下就是这样吗？过去与现在该和未来有怎样的关联呢？我认真地考虑这一点，重新严肃地想象我跟她的未来。

然后我得知老师对先生的感情，发觉自己在决定未来的重要场合，为了怕万一被甩竟然用“之类的”这种词给自己事先找台阶下，真是大错特错。

她是本地的朋友介绍给我认识的，刚开始交往的时候大家都非常客气。并没有人特别提出说我们继续交往吧，而是自然而然地约了下次见面，当然也不会吵架。我决定要重新开始，正式跟她提出以结婚为前提交往。我下了决心，前往约好的餐厅。料理也事先订了店里最高级的套餐。

她打扮得漂漂亮亮的准时到达。我好像第一次见到她一般，心头小鹿乱撞。

菜和酒送上来，我们举杯互敬，开始互道三周未见的近况。她在妇产科上班，说这个星期非常忙，有两对双胞胎出生，等等。分明工作上应该还有更奇怪的插曲，或是值得抱怨的事，她却绝对不会拿病人取笑或说他们的坏话，一直都遵守保密协议。

我虽然想跟她聊学校的情况，但并没有什么特别值得说的，于是就跟她说了以前的恩师来拜托我，请我去找她二十年前教过的学生。

有很多人会想听学校的奇闻怪事，特别是发生了意外或事故的话，死缠烂打追问的人不在少数。但她从来没有问过我。然而那时她对我说的话露出非常感兴趣的样子。

“为什么现在要找二十年前教过的学生？”

“老师今年退休了。二十年前有六个同学卷入一场意外事件，她想知道这些同学现在过得好不好。”

“为什么找大场君呢？”

“我一直都有跟老师联络，每年都寄贺年卡，还祝贺她退休，此外我住在 N 市，最主要的理由应该是知道我暑假有空吧。”

“这样啊。是怎样的意外？”

我不知该不该告诉她。但她应该不会说出去吧。而且稍后提结婚的话题时，我也想跟她解释这次的经验给我的感想，所以就说了。

“二十年前老师带着班上六个学生，跟先生一起去赤松山捡美劳作业要用的落叶。之后到水坝公园吃便当，分成两组玩耍。老师和三个女生在公园打羽毛球，先生跟三个男生去河边玩，发生了意外。有位同学掉进河里，先生为了救他去世了。”

“老师拜托了你什么？”

“跟那六个人见面，然后把现状告诉她。她并不是要知道意外的经过，而是希望那六人没有受到意外的影响，过着幸福的生活。此外就是要我转交给六个人的信封。”

“大家过得如何呢？”

“第一个见到的是没有去事故现场，直接报警的人。她跟会做菜的丈夫过着幸福的日子。她说忘不了先生做的蕗味噌烤饭团。

“第二个见到的是去跟老师报告有人落水的同学。他现在在东京的大证券公司上班。他要跟称赞他做的蛋卷好吃的女性结婚了。他说从那天之后，他就能够心怀感激地接受别人的好意了。

“第三个见到的人已经结婚，有两个小孩，目前正怀着第三胎。她虽然去了意外现场，但什么也做不了，感到十分悔恨。当时她变得不信任老师，但她说现在她却能够理解了。”

“感觉起来是一位非常重视家庭的好妈妈。”

“第四个见到的人现在仍旧抱着罪恶感。他觉得意外是因为自己才发生的。他虽然有喜欢的人，但好像因为自己的职业和生活方式而自卑，故意冷淡地推开那人。连我这么迟钝的人都感觉到了，他真的非常喜欢那位小姐吧。

“第五个人……你想听这种事吧。”

我回想起过去半个月的经历，不由得滔滔不绝，没注意到她垂着眼睑，望着玻璃杯里的白酒。她可能瞧不起我，连我的脸都不想看到了吧。我急着要补救：

“我不是拿这件事当笑话讲的。我见到那些人，反省了自己当老师的许多经历，也认真地思考未来。思考对我而言最重要的是什么人。”

“等一等，该说对不起的是我。大场君认真地跟我说话，我却走神了。我不是不想听，正好相反。我在想象他们每一个人现在的生活。请告诉我第五个人怎样了。”

“第五个人是掉进河里的同学。我没直接见到他。他传了附加手记的邮件给我。老师曾说：‘请连我先生的份一起努力活下去吧。’他被这句话束缚住了，一直过着痛苦的日子。然后有一天，他偶然救了想自杀的人，终于了结了这件事。现在他正常上班，正常休闲，过着满足的人生。

“六个人中最痛苦的人寄给我这样的邮件，我非常高兴。这样老师就可以安心了吧。他跟先生的回忆拯救了他，到头来拯救了老师的也是先生。老师写给我的信里也说，她跟先生的婚姻生活虽然只有七年，但因为有那七年才有现在的老师。先生虽然意外身亡，但其实当时已经病重，不久人世了。正因如此所以非常珍惜每一天。”

所以我也觉得人生并不是自己一个人，而是该跟某个人一起构筑的……我在接着说下去之前，为了让气氛热闹起来便先喝了一点酒，但结果还是没说出来。

因为她在哭。她善良的心地让我非常感动。但是……

“那次意外事件，最痛苦的应该是老师吧。”

她喃喃地说。果然我只看到竹泽老师身为教师的一面。在她这么说之前，我从来没有想过老师您自己是如何承受这件意外之事的。

“当时怀孕了。因为跳进河里救人而流产。”

“什么？”

她应该只是听着别人的故事而已，怎么会知道我不知道的内情呢？她望着犹如遭到当头棒喝的我说：“藤井利惠。”

“你在说什么，我不……”

“第一个人是河合真穗，第二个人是津田武之，第三个人是根元沙织，第四个人是古冈辰弥，第五个人是生田良隆，对吧？我是第六个人，所以你才叫我到这里来不是吗？”

因为她是第六个人所以我才叫她来？怎会有这种事？我惊讶得连话都说不出，只能拼命摇头。

“那为什么没有跟我联络？”

“老师给我的通讯簿上的电话打不通，我去过当时的地址，那栋房子都已经不在了。所以，嗯，就是这样而已。”

老师给的通讯簿上的名字是藤井利惠，没想到就是我的女朋友山野梨惠，我做梦也没想到。姓跟名的汉字都不同，“梨惠”听起来很像“利惠”，其他五个人提到利惠的时候，我只觉得有点亲切感而已。

梨惠的双亲在她小学六年级的时候离婚，她从藤井改姓山野。名字的话是因为父亲名字中有“利”这个字，改姓的时候按照母亲的意思改成“梨”了。平常都使用“梨惠”，但她给我看的证件上还是“利惠”。

没法跟她联络上的另一个理由是古冈先生不肯告诉我。或许他比我早察觉真相也说不定，我跟古冈先生谈话的时候，他“利惠、利惠”地叫着，让我感到有点刺耳，但我完全没想到他说的就是梨惠。我想起跟古冈先生谈话的片段。

“跟医生或公务员结婚……”介绍梨惠给我认识的朋友，告诉我古冈先生联络地址的朋友，不是同一所高中的吗？

“我觉得利惠小姐喜欢古冈先生。”我不是这么说了吗？

古冈先生冷淡地推开了利惠（梨惠）小姐，她跟透过朋友认识的公务员交往。那就是我。老师在上封信里跟我道歉的理由我也明白了。然而我最后悔的是自己的言行。

我太多嘴了。我说了古冈先生推开自己喜欢的人，梨惠一定知道就是自己，所以才陷入沉思。梨惠是喜欢我还是古冈先生呢？古冈先生说他们常常吵架。这表示她跟古冈先生在一起比较自在吗？不过这是相处时间的差异吧。

告诉古冈先生那家店的是梨惠吗？

越想越负面，我摇摇头，提出不同的问题。

“竹泽老师当时怀孕了是真的吗？没有任何人提到这件事。”

“真的。我母亲当时也在县立医院当护士，良隆同学跟先生被救护车送到医院的时候，老师也在车上，那时候她已经血流不止，来不及救胎儿了。”

“同一天失去了丈夫跟孩子……”

“我也是从母亲那里知道先生有病的。听说之后我心想老师会不会后悔跳进河里救人呢？她一定会想生下继承丈夫血脉的孩子吧。”

老师在信里曾经好几次自责，现在我终于明白其中的含义了。回想起那次意外，最痛苦的应该是老师才对。

既然这样，老师为什么要拜托我去跟那六个人见面呢？

“梨惠的事我要怎么跟老师报告呢？”

“我吗？”

“我答应老师要跟她报告六个人的情况。意外就不用提了，只要知道梨惠现在是不是幸福就好。”

古冈先生说了，利惠也抱着罪恶感，但我不想用他的话来评断梨惠现在的状况。要是怀抱着罪恶感的话，就跟我说好了。我对那次意外很清楚，其他人的现况我也都知道。无论她说什么，我都有自信可以承受。但是……

“就说我现在努力从事护士的工作就好。”

“就这样？跟我交往的事呢？第六个人其实是我的女朋友，要跟老师说吗？”

“……我不知道。”

“我今天是决定跟梨惠提出以结婚为前提交往，才到这里来的。不是来见藤井利惠，而是山野梨惠。见过了经历那次意外的人，我也开始思考自己的人生跟重要的人。我想跟梨惠一起幸福地生活。”

“对不起，要是在听说意外的事之前，以山野梨惠的身份听你这么说，我会非常高兴。但是……”

“因为古冈先生吗？”

梨惠抱歉地微微点头。

“跟他在一起是没办法幸福的。梨惠跟古冈先生怀抱的罪恶感的根源，客观看来其实是不用那么介意的事。跟真穗小姐、津田先生和沙织小姐的罪恶感是同样程度的。他们三个人都设法将对那次事故的感情升华了，梨惠跟古冈先生为什么还想不开？你明白吗？因为你们俩在一起，彼此都觉得是自己不对，不，我才不对，这样互相你来我往，所以非但无法升华，反而将微小的罪恶感渐渐增幅了。你还想这样继续下去吗？你觉得这样对古冈好吗？”

当时我觉得自己说得没错，慷慨激昂地对梨惠这么说了。但现在形诸文字，才发现这只不过是威胁。怪不得她带着惧意望着我，默默地离开店里。要是我什么也不说，让她去确认古冈先生的感情，就算同样是失恋，我也还能得到一张好人卡，对我还有一点好感才对。

老师您知道第六个人藤井利惠小姐，就是我的女朋友山野梨惠吧？所以您才在信里说利惠小姐会跟我联络。您是什么时候知道的？要是一开始就知道的话，为什么要拜托我这件事呢？这是老师您希望的结果吗？

我迁怒了。

我完全没有责怪老师的意思。我跟梨惠就算没有这次的事，到头来可能还是会分手。

老师对同样从事教职的我，传授了当老师跟做人处事的大道理。我完成了老师交付给我的任务，这样老师的教师生涯就可以安心画下句点了。

请让我能这么想吧。

我衷心希望老师能早日康复。

受业

大场敦史 敬上

附记：

老师要交给藤井利惠的信封我没有交出去。她好像从小就希望跟母亲一样当护士。梦想既然已经实现，这样就好了吧。

大场君如晤：

来信拜读。你见到利惠同学了吧。

我拜托你的事让你受到伤害，真的非常抱歉。

只不过我看你的信有一点不明白的地方，请容我确认一下。利惠同学说要跟你分手了吗？要是大场君你只是因为利惠默默地离开，就以为她要分手的话，那我给利惠同学的信封就请你打开看看。

那是在我写信拜托你的十天之前寄到我这里的信。

我希望大场君在跟利惠同学见过面后，两人一起看这封信。

我给其他人的信封，正如真穗同学和津田同学给你看的一样，是当初大家写的未来梦想的作文。年末没还给大家，就这样保留了二十年。至于沙织同学跟良隆同学写了什么，那就只有他们自己明白了。

古冈同学写的是希望大家能有近路上学，要在赤松河上搭很多的桥梁。

我虽然能让大家写作文，但却不能帮大家实现梦想。我祈求我教过的学生每个人都能幸福快乐。

不只是当年卷入意外的那六个人，我也希望大场君能幸福快乐。

我的学生都是我的孩子。请让我抱着这个念头度过仅存的人生吧。

就此别过。

竹泽真智子 草此

0

竹泽真智子老师尊鉴：

恭喜您退休。

今日是有事与老师相谈，不揣冒昧提笔致函。我之前只不过每年寄张贺年卡，现在这样可能会造成老师的困扰，但我有无论如何都想跟老师商量，请老师原谅的事。

竹泽老师，我有结婚的资格吗？

我从小时候开始就立誓不结婚。那是因为我爸妈的关系，老师了解我家的状况，应该可以理解才是。

我父亲因为一点小争执就辞去工作，每天喝得烂醉，怨怼自己倒霉，还动手打我母亲。母亲默默承受这一切，完全不抵抗，我觉得不可思议到了极点。

父亲几乎没有打过我，但我心想要是有人打我的话，也没人会来帮忙的，我非得自己坚强起来不可。我不能忍受男人这种生物，在学校也一天到晚跟男生对抗。

因此我跟辰弥吵架……关于这点我就不写了。

我认为持续跟老师道歉是我赎罪的方法。每年我都在贺年卡上写着反省的文章。但是我进入社会之后，才发现这样做可能反而让老师心痛。要是为此道歉的话更会让老师挂念，于是我就每年都写着愉快的近况报告。

有一年贺年卡的内容突然改变，那是因为发生了一件事。我发现还有我没注意到的事。我母亲在县立医院当护士，我也担任同样的工作，知道县立医院正式雇用的护士每星期一定要值两三班夜班。但是我不记得母亲有晚上不在家的时候。或许是为了要保护我不被父亲伤害，所以努力避免上夜班也未可知。要是能问她本人就好了，但当我注意到这件事的时候，母亲已经去世了。

这世界上有太多应该早点注意到，要不然就会太迟的事。这么一想我最担心的就是辰弥。

我们是青梅竹马，都是家里的独生子女，家庭环境又很类似，几乎像是兄弟姐妹的关系，但我总是想要胜过男生，所以老把同年纪的他当弟弟对待。

功课写了吗？这句话简直是我的口头禅。知道这样伤害到他的时候，我发现这跟是男是女无关，我跟父亲一样以高高在上的态度看扁别人。我难过地哭了。

之所以会发生意外都是因为我的虚荣心。我一直怀抱着这种罪恶感。同时辰弥也一直觉得意外是他的错，因为他邀良隆一起去对岸，因为他跟我吵架。他跟我这么说，我就回他意外是因为我傲慢地问他作文要怎么写不是吗？所以是我的错。

我和辰弥都是真心这么认为的，但在潜意识里有时也挺享受的吧，一旦碰到自己不够努力而导致的不顺利，就会归因于“是我不配得到幸福”，某种程度上来说，我们把这种罪恶感当成了免死金牌。

我们俩都因为不想失去这道免死金牌，所以保持着若即若离的距离，一起过了这么多年。我曾经有一段时期以为那是爱，但从没想过要结婚。

不能放弃免死金牌。我一面这么想着，一面继续拖下去，但有一天辰弥却突然甩了我。我以为沉浸在罪恶感里的只有我一人，辰弥只是为了配合我露出有罪恶感的样子而已。他已经受够了，所以就甩了我。

被自己想甩的人甩了，这个事实让我非常震惊。老师可能会惊讶我这个人的自尊心到底有多强吧。

辰弥对我说“去嫁给医生或公务员吧”。我赌气跟朋友说“随便什么人都好，介绍个公务员给我”。我在医院看多了医生的难看场面，私下实在不想再跟医生见面。于是亲切的友人真的介绍了公务员给我。

是一位叫作大场敦史的先生，跟我同年，在N市高中当社会科老师。

第一次见到他的时候，我……想起了先生。我一直都不想提到那次意外，直到现在也没跟老师说过那天真的很开心，捡落叶、野餐真的都非常愉快。

先生好温和，我觉得跟开朗的老师非常相配。听说便当是先生做的，我吃了一惊。原来世界上还有这样的男人啊。我心里充满了感激。甚至还想着真想跟这样的人结婚啊。

这种事明明完全封印在脑海深处，但跟他在一起，我就慢慢地想起那天有多愉快。他分明长得不像先生，我也从没吃过他做的菜，真是不可思议。

他好像不管我说什么、做什么都会原谅我的样子，让我有一股冲动想把我的人生对他和盘托出。但我觉得这样做的话跟之前使用免死金牌没什么不同。

要是我跟他说，听我说，听我说，我的家庭环境是这样这样，以前发生过一场那样的意外，善良的他就算并不喜欢我，应该也会接受吧。这未免太卑鄙了。我总觉得要是一触及这方面的话题就会一发不可收拾，所以总说些不着边际的话。

虽然如此，前几天他提到“结婚”这两个字。幸好后面还加了含糊的词，我虽然也跟着含混过去，但其实心里非常高兴。

但是要结婚的话，我就得全部告诉他。结婚之后才说我觉得更卑鄙。

有没有办法让他不要同情我而知道那次意外的经过呢？

话说回来，像我这种人能结婚吗？

老师，我该怎么办才好呢？

我虽然没有资格仰赖老师，但请看在我这个不成才的学生分上，就这一次让我征询老师的意见吧。

这样全部写下来，想到老师会看我的信，就觉得应该会有办法的。

竹泽老师，请多多保重！

山野梨惠 敬上

7

竹泽老师尊前：

老师，您身体还好吗？我和她打算在盂兰盆节时到大阪来探望老师。

到时见。

大场敦史 敬上

十五年后的补习

纯一先生：

这样开头可以吗？大鉴什么的太严肃了，“亲爱的纯一先生”虽然能正确表达我的心情，但付诸文字实在太不好意思了，所以就用这个称呼……真是，因为这样就迟疑是不行的。是我要求你跟我通信的啊。

你说希望留下两人感情的实质回忆，我想到要这么做是因为伯母给我看了结婚前伯父寄给她的情书。

信里“我爱你”之类的话自然不在话下，甚至还有“有你的冬天比没有你的春天还要温暖，你让我的世界鲜花绽放”这种热情洋溢的文字。我看了都觉得不好意思，但伯母却自傲地说“很美吧”。我真的很是羡慕。

伯母写的信我也看了一封，她好像觉得自己写的给别人看有点丢脸，但是文章也非常优雅。在适当的间隔使用敬语，称呼伯父为“亲爱的”，字里行间洋溢着尊敬与爱意，我也想试着写这样的信给你。

尽管我已经很努力了，但无论是用“亲爱的”这种称呼，还是在句末加上基本的敬语，对我来说都仍是一种苦战。

以前的人是不是比较浪漫呢？

一开始就写出完美的信是很难的，但当我准备了成套的信封、信纸和笔，隔绝了周围的噪声，坐在书桌前，心情就一下和发短信时不同了，开始觉得好像我也能够好好地传达自己的情感。而且写信这件事让我重新体认到和你之间正确的时间与距离。

比方说要是现在我给你发了条短信“在做什么？”要不了五分钟你就会回复“在睡觉”或是“在看书”。如此一来我就想听你的声音。于是我就打电话过去，跟你说今天发生的大小事情，你回我我最想听到的话。这样一来我就想见到你。

在此之前若是想见面了，就可以搭电车到你家去，大部分时候你都会说女孩子晚上出门危险，于是变成你到我家来。要是没法见面的话，那就明天见吧、周末见吧，约好了之后互道晚安，一天就结束了。

但是现在就算有同样的情况，我也见不到你了。就算约见面，也没办法约在几天之内。我要两年后才能见到你。我说不定会难过地对着电话哭泣。挂了电话之后，还可能会为了发泄寂寞的心情传感情用事的邮件给你。那样只会让你更困扰而已。

之所以能靠手机就觉得彼此心心相印，或许是因为处于只要想见面就能见到的距离跟状况下……我能想象到现在你难受地皱着眉头的表情。对不起。

在机场笑着为你送行之后，坦白说我在回程的巴士上哭了。但之后我一次也没有哭过，请放心。

我离题了。总之写信的话，就不会立刻有所期待了吧？

而且是航空信。生平第一次的经验，让我雀跃不已。

文具店的店员告诉我虽然是寄到国外的信，但并非一定要用边缘是红蓝相间的航空信封。只要在信封上用红笔写“Air Mail”就可以了。你知道吗？我想你是知道的。我也能想象你苦笑的表情。我这樱花模样的信封信纸，很漂亮吧？

这封信要多久才寄得到呢？一星期，十天，还是更久呢？也得考虑到你的回信寄到所需的时间。

这就是我们现在的距离与时间啊。

如此一来，就不能写今天的细微琐事，以及一时感情用事的文字。课长外遇被太太发现了之类的，写别人的闲事是不合适的。我们距离很近的时候，我从没想过短信要写什么、见到你要说什么，都是当时想到什么就是什么。

要是成人之后才认识，就可以借此机会了解对方，写些小时候或是上学时候的事，但我们从中学开始就在一起了，现在还有什么要了解的吗？

还是不要考虑因为是信所以要写什么特别的，就直叙我现在的心情吧。

我最想知道的是你过得好不好，以及你的新生活。

听到你说要跟国际志愿者团队到P国去服务两年时的情形仍历历在目。你参加了说明会，通过了第一次和第二次考试，到收到合格通知为止，总共花了半年时间，而在这期间我完全不知道。没发觉并不是我太迟钝，而是你隐瞒得太好了。

你说有重要的事情要告诉我，带我去连过生日都没去过的高级餐厅，我还以为你要给我戒指，没想到是跟我说你要去当国际志愿者。

得知你为了实现目标所做的努力，我只能跟你说恭喜，但当时我花了好久才明白你在说什么。

你从来没说过国际合作、志愿者之类的话，我完全不知道你对这方面有兴趣，更别提你对海外旅行都兴致索然，连护照也没有。而你竟然说出陌生的国家名字，还要到那里去工作两年，我完全没有真实感。

所以是怎样？我当时的反应大概是如此。你要跟我说什么啊？

“就是说我们到今天为止的意思？”

我冷静地考虑之后这么说。“怎么会这样理解啊？”你脸上露出有点为难、有点惊讶、有点生气的表情。“跟我们在一起的这么多年，以及之后的漫长岁月比起来，两年算什么呢？

一下子就过去了。”你这样对我说。

如果你还是不安的话，那我们就去登记好了。

不是结婚，而是登记。我当初的预感虽不中亦不远矣。既然讲到这个，当时我有好几个问题没有问你。

你为什么想参加国际志愿者队呢？为什么瞒着我呢？还有……

你的决定是受到“那件事”的影响吗？

果然用写信的方式就会注意到好些事情。那已经是十五年前的事了。真的是过去的事了。

你之所以想参加国际志愿者队，或许是想在三十岁前思考一下未来的人生吧。

无法跟你见面之后，我空出了好多时间。上班的时候想要悠闲休息、想要看书、想去美容院，想做的事情一大堆，但回到家自己一个人待着的时候，心想白天我想做什么来着？茫然望着天花板，时间就过去了。

没有必须做的事的日子非常幸福，要是能活到平均寿命的话，到现在也才过了不到一半，只守不攻的人生好像挺浪费的。你是不是也有这种感觉呢？

我觉得去料理教室上课或学英语会话应该也不错。

啊，应该不要写，瞒着你去学就好了。然后有一天突然去找你，跟当地人用英语流利地交谈，让你大吃一惊，或是你回国之后跟你说“很想念日本菜吧？”然后让你吃我亲手做的不输给餐厅的怀石料理，给你个惊喜。

所以你也是为了让我惊喜所以瞒着我去考试的。

对不对?

但可惜的是，你也很清楚我不善于隐藏。所以从来没有那样让你惊讶过。

我的事情你无所不知，而你的事情我……又知道多少呢?到了这个地步，突然没自信了。

或许这距离与时间是为了重新认识你吧。

无论如何，健康第一。

请保重身体，好好努力。

又，邮票钱九十日元，比去你家的电车费还便宜!

万里子 笔

四月五日

*

亲爱的万里子：

我从你迟疑的称呼开始了。

的确，如果是在日本的话，要这样写或许会有抗拒感，更别提信的开头就这样称呼，你可能会觉得是在整你。但是在烛光下写的信，感觉不仅是“亲爱的”，连更陈腐的言辞都可以用。

我住的海边小村落并没落后到没有电的地步。只不过上个星期热带气旋直扑本地，在那之后就一直停电。托了此事之福，我学会的第一个当地词汇就是“停电”。灾情并不严重，要是在日本的话第二天应该就恢复了，但在这里什么时候能恢复还未可知。

到去年为止，驻扎在这个村里的是电机队员，好像是他们把前一个村的电线拉到这里来的。于是这个村子里的人似乎以为日本人都能干这种差事，个个都来对我说“快点修好吧”，要不就问“什么时候才修得好啊”。还有人带着坏掉的收音机来。

我对电机相关知识一窍不通。这么跟他们说了，虽然有人露出失望的表情，但没有人生气，只笑着说“你也刚到，真辛苦你啦”，然后就回去了。也有人送食物来。其实村里的人似乎不怎么在意没电。

虽然他们这样大而化之地悠闲度日，但晚上却有宵禁令。我虽然无法完全理解，但目前过得很愉快。

我之所以没有跟你说我要参加国际志愿者的考试，并非刻意保密，而是因为我自己也不确切知道为什么。大家几乎都是抱着坚决的意志去考试，但我并没有非参加不可的打算。

其实我参加的契机可能是你造成的。

你记得那天吗？我们约好了要去看电影，你却突然不能来。你说同事被她先生打了，你要带她去律师事务所，所以不能来了。

那天我早早就从家里出发。接到你的电话时我正在电车上。不要在这个当口放我鸽子啊。我有点不高兴。是你说期待的大片要在首映日看的，为了配合你我前一天晚上彻夜加班把事情办完了。

而且又不是你出了什么事。

我没勇气自己一个人去看本来要一起看的甜蜜爱情片，但也没有其他想看的电影，怎么办呢？我这么想的时候，电车到站了。广告牌上贴着的海报吸引了我的视线。一个日本男性手持小黑板，在干涸大地上的一棵大树下教导黑人儿童。那是国际志愿者的招募海报。

我从电视广告上知道有国际志愿者的存在，但到底是做什么的我并不清楚，只有挖井、种树之类的印象，所以在蓝天下教书的画面引起了我的兴趣。而且黑板上写的是数学公式。原来发展中国家的儿童是这样上学的啊，我吃了一惊。你可能也会对我如此的偏见感到惊讶，想要问我“你到底是干哪一行的啊”。

不管在哪里生活，都需要数学。数数是必要的，不只是加法或减法，也可能需要乘法。五个小孩每人给两个苹果的话，需要几个苹果呢？或许会有这种场合也说不定。但黑板上写的是“5 × 0＝0”这样的式子。不管是什么数字乘以零就会变成零，我们在学的时候都觉得理所当然，但这对只能在受限制的环境中学习的孩子们来说也是非学不可的东西吗？现实生活里用得上吗？

我一面想一面看着海报，海报下方写着有说明会。地点就在我们本来要去的电影院对面的大楼里。日期也是当天那个时间。于是我就抱着去看看的心情参加了说明会。

那就是我走到现在的第一步。

即便如此，我希望你不要因为我们现在的距离与时间感到寂寞，而希望自己那天没有爽约。因为我们的确需要确定彼此心意的时间和距离。

而这只是恰好发生在那次事件的十五年后。

我在说明会开始前到附近的咖啡馆去消磨时间，一直想着你。

我的朋友见过你之后，都非常羡慕我。你总是落后我半步，好像躲在我后面一样走着，娇小可爱，满面笑容。有什么事都跟我商量，我跟你说的话你也都坦然接受，真的非常惹人怜爱。

我也相信你是打心底仰赖着我的。

要是你那天爽约是因为别的理由的话，我就算打发时间去参加说明会，应该也不会想报名。要丢下你两年，我会担心得不得了。我相信没有我你什么事也办不了。我想要一直守护你。

但你却说同事被丈夫打了，你要带她去律师事务所。管人家的家务事，要是被她丈夫盯上了可怎么办。那个同事没有可以商量的亲人吗？我担心你的安全。

你有这样的朋友，怎么之前没跟我商量呢？我越来越觉得不满——然后想起了十五年前的事。

接下来我可能要稍微破坏跟你的约定了。

初中二年级的下学期在学校的脚踏车车棚发生的事。一树打了康孝。好几个人围观，我是其中之一。

“永田同学，为什么不阻止他们？”

有人从后面轻轻地拉我的袖子，轻声说道。是你。

“跟谷口同学没关系。”

我冷冷地说。你突然挤到前面，大声地叫道：

“快点住手！打架的人跟看热闹的人都是垃圾！做这种事不觉得可耻吗？”

你望着一树，望着康孝，望着围观的人，最后望向我。那时候我确定这些人之中你最看不起的就是我。

你可能不记得当时的事了，但跟我求救我却不理的轻蔑感或许还留在脑海深处，所以朋友遭遇家暴没来跟我商量吧。你并不软弱，也不是靠不住的人。你勇气十足，正义感比谁都强，我怎么忘记了呢？我只不过救过你一次而已。

因为这份情你很仰慕我，但其实你并不依赖我。

我去参加说明会，会场超过百人。没想到有这么多人对国际志愿者有兴趣，我吃了一惊。首先是国际志愿者的概略介绍，然后是回国的队员经验分享，他们讲述了许多幽默及动人的故事，我感觉大家都是充满正义感的人。但他们的经验谈并不是像电视节目里的英雄那样热血沸腾，也有不少充满挫折的经历。

但是每个人的眼神都像当初挺身而出的你一样。

我的眼神是什么样子呢？要是我有了跟这些人一样的经验，也会有同样的眼神吗？

其实那天我提早出门是为了要买戒指。我参加了认识不到一年就结婚的友人的婚礼，他问我为什么不跟女朋友结婚。我仔细思考了为什么。我们是不是在一起太久了，完全错过了考虑结婚的时机呢？我痛定思痛，打算以要在三十岁前成家为由，向你求婚。

但是参加了说明会之后，我忆起你当年的眼神。我没有跟你同样的眼神，没有资格跟你求婚。

我想跟你有同样的眼神，于是填了申请书，接受笔试和面试，收到合格通知，终于有了点自信才跟你明说。

我完全没想到你会以为我要分手。我惊讶之下没有好好说明，脱口而出说要去登记。你说愿意等我，我感动地搂住你，发誓要成为更坚强的人，守护你一辈子。

我也曾经考虑过放弃参加，跟以往一样继续跟你在一起，但是冷静想想，只不过是参加了国际志愿者的考试，我的内在并没有任何变化。

要是在这两年间我能挑战自己的极限的话，就能一辈子守护你。

我下定决心，来到P国服务。我在这里的工作是教村里的小朋友数学跟理科。我该挑战的极限是什么，目前还在摸索中。

这里并不是可以随便叫你来玩玩的地方，但我想跟你一起眺望窗外满天的星星。

期待与你再会。保重。

又，早上重看一遍觉得再看的话好像寄不出去，所以就这样封口了。信封、信纸就是航空用的。决定要跟你通信之后，我在出发前买了很多带来。

你的信寄到我手上花了二十天。我的信寄过去也要二十天吧。真是漫长的旅途啊。

你的纯一

（看，这种话我都写得出来！）

四月二十五日

*

亲爱的：

（我觉得这样称呼比叫名字好。）

你好吗？

停电真是辛苦啊。要是本来就没电的地方，自然会有相应的生活方式，但本来有的东西没有了就真的会很不方便。现在应该已经复原了吧。

对了，当地有家用电器吗？我们怕没有电饭锅，曾经一起练习过用瓦斯炉煮饭，那边有米卖吗？还是以物易物？用贝壳当货币——对不起，我的偏见太严重了。但是真的难以想象。

我为了尽可能了解你从事的活动，订阅了国际志愿者协会发行的《蓝天》月刊。上个星期第一本六月刊寄来了。我看了之后有不少吃惊的地方——

出发前你说我们去登记吧，我逞强说“我等你两年，请放心”，就没有跟你去登记。但是看了《蓝天》之后，发现队员的家属有各种方便之处。

首先是《蓝天》的月刊不用订阅，在服务期间每个月免费送到家。这倒是小事。

比较重要的是“家族访问之旅”。可以跟前往 P 国的其他队员的家人一起去 P 国，参观队员们的工作情况。这种参观访问一年一次。食宿、交通费用由志愿者协会负担八成，非常便宜。然而问题并不在金钱。

当然能便宜再好不过，但更重要的是交通方式。

我调查了一下去你那里的方法。要去距离村落一百千米左右的城镇很简单，但从那里要去你所在的村落，好像只能包船或乘坐小型飞机前往。“家族访问之旅”的话，志愿者协会会包小型飞机，去过的人分享了经验。

这么偏僻的话，村里有电可用反而不可思议了。大家有穿衣服吧?

根据我的调查，除了包机之外只有另外一个方法，就是直接跟渔夫交涉。我没办法的。“家族访问之旅”有很多队员的朋友和恋人询问，但参加条件是三等亲以内的亲属才行，跟普通的旅行团是不一样的。

这样的话早知道就去登记了。我正在后悔的当儿，你的信寄到了。你收到了我写的信，你寄的信我也收到了。那么偏僻的地方，信寄到要花二十天呢。信是怎么从村里到镇上的呢?我兴奋地打开信。

方正的字的确是你的笔迹，我有多少年没看过你写的字了呢？我一路回想到高中，你帮我写过数学作业，大概那就是最后一次吧。

得知你申请参加国际志愿者，且对我隐瞒的理由之后，我必须先跟你道歉。不仅是当天看电影毁约的事，还因为我从没有就毁约的原因跟你商量过半次的事。

那位同事是由美，她结婚的时候我在婚宴上以公司同期代表的身份致过辞，我还在你面前练习过好几次的。她嫁给学生时代社团里的学长。每到午餐时间由美就跟我聊她先生的事。

一开始是幸福的琐事。但大约过了半年，就变成令人听不下去的惨状了。由美的先生喜欢赌博跟改造车辆，花钱毫不吝惜，甚至动用生活费和由美的存款，由美要是劝他他就破口大骂并且动手打人。她让我看她手上和侧腹的伤痕，在我面前放声哭泣。

我跟由美说过要不要跟家人或靠得住的公司前辈商量看看，跟她提过一些建议，但她都摇头说“没关系”。

我跟你约好看电影的前一天晚上，由美突然到我家来。她说是从先生那里逃出来的。

她左眼又青又紫肿得好厉害。看到她的瞬间，我心想“由美会被杀”。由美说只要让她住一晚就好，我说服她当天晚上就打电话给防家暴专线，他们介绍了律师事务所，约了第二天下午面谈。

我跟由美一起离家出门的时候，才想起跟你约好的事。我拉着步履蹒跚的由美的手臂，心想怎么穿了这么难走的鞋子，低头一看我穿的是为了跟你约会而特地在玄关准备好的新鞋。这才慌忙打电话给你。

对不起。我一热衷就忘了别的事的毛病你也很清楚。

这样写信告诉你毫无困难，为什么当初由美的事没跟你商量呢？在由美出现在我家之前，我虽然觉得她很可怜，但或许并不觉得事态有多严重。此外就是我觉得同性友人的烦恼不好对异性说，就算是你也一样。

但要是我跟你商量就好了。

由美去家暴协会之后的第二天开始，就不跟我说话，第二个月就辞职了。我觉得是因为她先生的关系，大概两个星期前我在街上碰到由美，询问她的近况，她说跟丈夫离婚了。

“都是拜你所赐。”由美愤愤地睨着我说，然后跑着离开了。

要是我跟你商量的话，你会给我什么建议呢？你可能会觉得事到如今再来问有什么用。但是我之所以没有找你商量，绝对不是因为那时候的事，这点我希望你明白。

十五年前我们约好了不提那次意外，我们俩都一直遵守约定，就连发生了误会都没注意到。我失去的片段记忆是那件事情的经过，在那之前的霸凌我记得很清楚。

我虽然不想写，但我希望能澄清你的误会。所以也可能要破坏约定了。

我想应该是九月十日左右，放学后一树在脚踏车车棚殴打康孝，大概二十个同学，特别是男生，默默地围观。一树是全县的柔道重点选手，他把瘦弱的书虫康孝打倒在地，踢他的肚子，简直令人不忍卒睹。

我之所以跟你说话，首先是因为你站在我的脚踏车前面。然后我觉得你或许能想点什么办法。你跟康孝和一树住在同一区，和他们俩交情都不错，应该会去劝架。我觉得你是会做自己认为对的事的人。我希望你知道我是这么想的。

然而你没有去劝架。

当时你的眼神让我觉得像是在说：搞错的人是你。我很难过。眼神能抵千言万语，这话我实在难以相信。但是我还是觉得眼前的光景令人无法忍耐，所以就自己去阻止了。

现在想起来当时你的判断或许没错。

你已经开始在村里的学校教书了吗?

“5 × 0 = 0”，你要怎样把这种知识教给文化跟环境都截然不同的孩子们呢？无论什么数字乘以0都是0。我虽然知道是这样，但乘以0到底是什么意思老实说我并不明白。是全部都消除的意思吗?

像我这种人的脑中或许只存在着加法跟减法。只存在着正确的事和错误的事。错误的事非纠正不可。你虽然说我很有正义感，但错误的事由第三者纠正并非正义。这我十五年前就知道了。

但是由美的事我还是失败了。

我依赖你并不只是因为你把我从火场中救出来，也是因为把事情交由你判断就不会有错。那时候也是，我不要只凭单纯的加法和减法就闯进去的话，那两个人说不定就不会在两个月后死掉了。

我迟疑着没跟你去登记，是怕成为你的绊脚石。要是能不仰赖你，平安无事地度过两年，就能跟你幸福地过下去。我这么祈愿。

所以不能中途去见你吧。

还有一件最重要的事，让我大吃一惊。我从《蓝天》月刊里看到，你前往服务的P国是世界七十余国的派遣国中，数一数二治安恶劣的国家。宵禁令是什么？你虽然写得很轻松，但应该是晚上禁止外出，要不然可能会遭到强盗袭击吧？

归国队员的经验之谈里说面试的时候会问你想被派去哪个国家。这样的话，你为什么自愿去治安差的国家呢？

得知你想起了十五年前的事所以决定参加考试，我果然后悔自己当时多管闲事了。现在我非常担心你的安危。你竟然决定去不知道会发生什么事的治安恶劣的国家。

你是不是把自己逼得太紧了？

那场火灾我因为是受害者，事情的经过都不记得了，那样也好，因为没有必要记得。我一直都是这么想的。我从来没有想过当时的事你全都一清二楚。

十五年来因为不记得所以不提，而记得却不提一定辛苦得多。

光是结果的话我是知道的。但是你跟这件事有着怎样的关联，抱着怎样的记忆过了这十五年，我并不知道。

要是你明白我其实并没有那么软弱的话，也请依靠我吧。或许我多少能支撑你。“人”这个字差不多是这个意思吧？我是真的想替你做点什么。

不光是精神上的支持。比方说：

似乎有很多队员都会收到在日本的亲友寄去的日本食品包裹。队员间称之为“爱的聚宝盆”，会奔走相告说“聚宝盆到邮局啦”。好像不会寄到住的地方。这么说来你的地址也像是邮局的信箱地址呢。

原来可以这么做！我也志得意满地准备寄聚宝盆。订阅了

《蓝天》月刊真好。日本食品还得是梅干、仙贝、乌龙面、荞麦面之类的干货，我这么考虑着。但既然要寄，就要在箱子里装满你想要的东西。有什么要求尽管说吧。

健康最重要，安全也是。

我想和你一起眺望星空。

在下次写信前我打算查一下星座方面的信息。我只知道猎户座跟北斗七星之类的。你在那里也看得到吧？所以我打算查一下哪些星座到处都看得到。虽然不能在一起，但两人眺望着同样的星星，感觉还是很幸福的。

又，不久之前一个人去看电影，碰到公司喜欢嚼舌根的前辈，在那之后公司里大家都把我当成被抛弃的女人。真是够失礼的！

我去看的是当天原本要看的那部电影的续集，开演了我才发觉，于是连结局都没看就走了，心想应该没什么问题吧——结果问题可大了。

满怀爱意的万里子上

（怎样，败给我了吧？）

五月十五日

*

亲爱的：

你好吗？我很好，并没有遭遇到什么危险，请放心。

我们这里还在停电。

我问学校的校长："什么时候才能修好？"他回问我："日本人什么时候来修？"看来他们没打算自己想办法。不只是用电，我最近慢慢发觉这个国家的人都以为海外来的志愿者就是干这些事的。

来这个村落服务之前，我在志愿者协会拷贝了电机队员的活动记录作为参考。我想看看里面会不会有修理的线索，就拿出来翻阅。结果上面记载着他们教过村长办公室电力科的两名男性修理的方法。

第二天我立刻到村长办公室去，问那两人："为什么不修理呢？"两人都推说："忘记了。""这样的话志愿者不是白来了吗？"我这么一说，两人都歪着头，做出不明白我在说什么的样子。他们并不是听不懂我说的话（我怕你误会），还辩解说："我们不记得有什么关系，日本人再来不就好了吗？"他们并不是自惭形秽，也不是懒惰，而是认为那是最有效率的方法。而他们说的也没错。

理科教师也是一样吧。我不只教孩子们数学和理科，还指导村里的老师教学和编排课程的方法，一起编写教科书。要是能好好指导村里的老师，我的任务就成功了，以后就不必派遣别的队员前来。我教的时候都热切地点头说“记得了，没问题”的老师们，等我回国之后会怎样只有天晓得。搞不好会完全退回原状。

你的话会怎样突破这种状况呢？我即便身为数学老师，也不擅长做生活中的算数啊。

我想由美只是想有人听她说话，不，她想说出来让人听。她想表达的是虽然丈夫虐待她，但只有她能爱这样的丈夫。她或许是想跟第三者如此炫耀。不知她是自我陶醉，还是在精神崩溃前自然而然以这样的方式自我防卫。但是她责怪你完全是找错对象了。

要是只想找人听自己说话，就随便找哪个应声虫就好。她难道不知道跟你说的话，你会认真地想替她解决吗？所以你完全没必要觉得自己失败了。

你的加法一点也没错。要是在你敦促我的时候我过去劝架，最糟的情况就不会发生。虽然现在辩解也没用了，但我还是想让你知道当时我为什么没有阻止他们。

被打的康孝跟打人的一树。你在升上二年级才跟他们同班，所以当然觉得康孝是遭遇霸凌的吧。当时围着他们俩袖手旁观的家伙们可不这么觉得。他们之所以没有阻止一树可能各有不同的理由，可能觉得很有趣，可能觉得要是去阻止下次就轮到自己了。

我是因为知道一树殴打康孝的理由。

你也知道我、一树和康孝住在同一区，我们的家间隔大约一百米。从小我们三个就在一起玩，常去彼此家里，也很清楚对方的家庭状况。

但是上了中学大家各自发展出不同的兴趣，不再因为只是家住得近就一起混了。特别是康孝跟一树分别成为相反的室内派跟户外派。我是介于两者之间，我跟康孝借过推理小说，也跟一树到空地去打过排球、踢过足球。

一树在社团活动中很活跃，喜欢搞笑，常常说笑话，从一年级开始就是班上的领导人物，到了二年级地位更加重要，康孝并不喜欢这样。

暑假结束的时候，康孝这么对我说了：

“一树总想靠蛮力让人屈服呢。这未免太蠢了吧？我只告诉你一个人，我有特殊能力噢。要是有我想制伏的人，观察他一下我就知道用什么话最能伤害他。我看在大家从小一起长大的分上，一直在忍耐，现在也差不多该给他一点颜色瞧瞧了。”

我不知道他有多认真，甚至没想过这种特殊能力是否存在。康孝饱览群书，或许能跟体察书中人物心情一样，察觉现实生活中众人的心思吧。这家伙会对我说什么呢？我觉得有点不是滋味，还是不要管他的好。我并没有替一树辩解说他不是那样的人，就直接离开了。

一星期以后，一树揍了康孝。

平常大家社团活动结束的时间都不同，放学回家时并不会碰面，那天刚好是暑假结束收心考试的前一天，社团活动暂停，所以我们三个人一起到了脚踏车车棚。

康孝在那里对一树说了不该说的话，现在要我写出来我都不愿意的低俗言辞。他不是说一树的坏话，而是愚弄了从事风俗业，独力将一树一手带大的母亲。连身为局外人的我听了都难受得想吐。

这算哪门子特殊能力。一树的家庭状况附近的居民谁都知道。谁都明白说这种话会伤害到一树。而且那种话低俗不堪，所以就算跟一树吵架，对他家有所不满，大家也都用别的言辞抱怨，没有人说那种话。

于是一树揍了康孝。康孝被揍了还一面微笑一面说：

“看吧，正中要害。”

一树继续揍他，康孝倒在地上，一树踢他的肚子。我并非认可暴力。但要是我处于同样的立场，应该也会这么做。不一会儿大家就都围过来，你也来了。接下来的事情你就知道了。

此事我虽然有后悔之处，但这跟我来 P 国服务毫无关系。

我并没特别希望到 P 国来。国际志愿者的派遣国现在有大约七十个国家，但并非可以任意选择要去哪个国家的。

回到说明会那天。他们首先发了按需求分类的国家一览小册子，让大家看里面有哪些工作是自己可以应征的。医疗类、农业类、土木类、建筑类、教育类……我翻到教育类那一页。在高中教数学的我能应征的是“理科教师”这一项。大约有十个国家需要理科教师。

有十个选择，其中一个就是P国。

应征的时候一定要选工作项目，但不用选派遣国。

初试是英语跟专业科目的笔试。理科教师考的是数学和理科的基础问题，此外还要依照自己的拿手科目写一份教学计划案。合格之后就进入第二阶段。此时大约一个职位有八个人应征。

复试是面试，分为两部分，一次一人单独进行。主考官会问应征国际志愿者的动机等问题，以及跟专业有关的问题。在专业面试问我想去哪个国家服务的时候，我说“哪个国家都好”。或许事先调查哪个国家的状况，表达自己的热诚会比较好，但其实真的是哪里都可以。这个阶段大约一个职位有两位候选人。

“要是农业类的话，应该有特别能发挥自己技术的气候与土壤环境，但理科教师的话哪个国家条件都一样。我打算等派遣国决定之后，再调查该国的教育环境跟文化宗教等，做好万全准备。”

我如此回答了主考官的问题。之后收到合格通知，上面写着派遣国是P国。

告诉你的时候我还没有开始研究P国，根本没想到这里的治安有这么差。

“那是在太平洋上，丛林里有天堂鸟的赤道国家吧。”你不也悠闲地这么说了吗？我还是第一次知道有天堂鸟这种鸟呢。

我是在为期三个月的国内训练开始后，才知道该国治安不好。

国内有两个训练所，一个训练所里聚集了派遣到三十五个不同国家的队员。表面上看来男女比例大约是一半一半，我依照派遣国别就座之后，发现周围都是男人。“还是男女队员都有的派遣国比较好啊。面试的时候说哪里都好，没想到被派到唯一一个没有女队员的国家，运气真差。”听到隔壁的家伙咕哝着，我问他：“是这样吗？”“你不知道？P 国治安太差，不能派女队员去。”那人惊讶地回我。原来好像是小册子的背面有写到。

这样一来你就会觉得为什么出发前不告诉我呢？我不想让你担心，但我也曾经差点说漏嘴。

出发前的一星期，我跟你一起去旅行的时候。

“同一个村里有没有女队员？”

你这种说话方式好像是我们交往十五年来的第一次。情人节的时候我故意把别的女生给我的巧克力放在你看得到的地方，你从来也没说过什么，也没露出过介意的样子。其实我每年都蛮难过的。就算知道是人情巧克力，也稍微嫉妒一下不好吗？

所以果然两人之间有了时间跟距离，你也多少有点不安了吧。我虽然心中窃喜，却没有逗你的心情。

哪是同一个村落，整个 P 国都只有男性队员啊。

我差点就脱口而出。

“我去的那个村队员好像只有我一个人。当地女性自然是有的，但她们都比日本男人壮硕，还有很多人长胡子呢。这样你安心了吗？”

听我这么说，你把一绺发丝绕到下巴上说“像这样吗？”其实完全没有这么可爱。电机队员在回国的时候把电动刮胡刀送给了住在我隔壁的房东老太太，电池用完了，她就拿了我收音机用的十个三号电池去用，每天早上都滋滋作响。

顺便一提，房子是水泥建筑，为了抵御热带气旋，结构很坚固。家电有冰箱一台。卫浴设备是淋浴，洗手用桶子里的水。有瓦斯炉可以煮饭。主食是芋头。米的话去镇上就买得到。因为是海边的村落，市场上有各种新鲜的海鲜。货币的确是有的，但这个村子也可以使用贝壳！好像是因为这个村子盛产那种过去被人们当货币使用的贝壳。我打算下次去找找这种贝壳。

你信中提到初次得知有“家族访问之旅”。我来这里的时候也是搭乘志愿者协会的小型包机，若是有私事要外出，就跟渔夫们商量。邮件专用的船不定期会来，或许也能设法顺便搭乘。

对了，如果要寄聚宝盆来的话，能寄一些三号电池吗？日本食品的话想吃的东西说也说不完，在此地期间我想尽量入境随俗……但能寄点咖喱块来最好。

前几天村民为我开了欢迎会，我想做点日本料理回请他们，日本的咖喱可是日本料理的代表！

蜡烛烧得差不多了，本想这次就此打住，但重要的事情都没写，我要怎么跟你辩解呢?

你失去的记忆只有那次事件的经过，让我不禁愕然。但反过来一想也是理所当然的。因为你只有那一天是被害者。也是唯一站在那家伙那边的。你完全没想到自己会遭遇到那种事吧。你所谓的加法，也就是你的正义动摇了也是理所当然的。

我不愿意你知道那天的事。

正如我之前的说明，我并不是故意要让自己置身于危险中才来 P 国的。要是我对那天发生的事有罪恶感的话，也是因为在那天之前我没有采取任何行动。要不是我袖手旁观，你也不会碰到那么吓人的事了。

我最大的希望就是你不要再想起当时的恐惧。这十五年来我一直都是这么希望的。若是不跟我在一起，你或许会全部忘记，说不定连发生过火灾的事也不记得了。我曾经烦恼过，但我办不到。要是没有那一天，你我或许不会心意相通。我虽然不断跟自己说不只是这样，但却没有勇气跟你确认。

我这两年一直在想，如果把我们联系在一起的不是那场火灾，而是某种更强而有力的东西就好了……我虽然这么想，但要是我们之间的距离和时间反而让你更加在意那次意外，恢复当时的记忆的话，我会立刻回来的。

这种时候不能上网、不能打电话联络，果然让人烦躁不安。我或许早该在我们两人在一起的时候，打破约定跟你说那次意外的。

等我回国我们好好谈谈吧。两年很快就过去了。

你多保重。

又，这里看得到猎户座。

眺望星空的纯一

（怎样，很有诗意吧！）

六月五日

*

亲爱的：

你好吗？我很好。

今天我去买了电池跟咖喱块。因为你没要什么食品，我就买了你喜欢的作家的新书，以及用当地材料应该也可以做的食谱一起放进聚宝盆里。想到你会打开这个箱子，我就心跳加速。

收音机里能听到什么样的音乐呢？以前我对外国音乐没什么兴趣，就算你告诉我我可能也不知道，但我也试着想听听看。

其实从这个月开始，我加入公司的英语社团了。今年春天从总公司调来的阿部先生问我要不要参加，我烦恼了一阵子，但英语会话能力进步的话，就算不参加“家族访问之旅”，搞不好也可以自己去找你。这么一想我就决定参加了。

我本来以为会跟学校上课一样，结果是看没有字幕的外国影片 DVD，看着被虫蛀了的歌词卡反复听外国歌，等等。课程蛮轻松愉快的。现在我很期待每星期两次的上课时间。阿部先生曾经去美国留过学，我跟他借了木匠兄妹的 CD 当初级听力练习，现在已经可以不看歌词唱出副歌的部分了。

你每天都过着说英语的日子呢。出发前你说因为是偏僻的村落，当地人可能说的都是土话，结果如何呢？你虽然对外国没兴趣，但英文却很好。因为语言是跟解谜差不多的东西，现在你已经会说当地话了吧？

我想象中你的样子可能跟现实的你完全不一样。当地天气很热，你应该晒黑了吧。头发是什么样子呢？停电不修复可能有点困难，可能的话请寄照片给我吧。

你来信的内容从一开始就有点沉重，但你回答了我的问题，我还是觉得你告诉我真好。

你决定参加国际志愿者的理由、没有告诉我的理由、国际志愿者的招募过程、派遣国的情况，在替你送行的时候我心中就充满疑问，你走了之后这些疑问慢慢像石头一样沉重地压在我心头，现在都已经烟消云散，我感觉轻松愉快。

我甚至能想象你健康愉快地跟当地的孩子们一起生活的

样子。要是可能的话我希望你常常开怀大笑。

至于情人节的巧克力，我虽然摆出一副扑克脸，但其实是有点惊讶的。你竟然收到以人情巧克力来说应该不会买的名店产品。知道你对这种事情没有概念，我还故意装作漠不关心的样子，是不是太坏心眼了？从高中的时候开始，你虽然不是很受欢迎（对不起！），但说你不错的女生还真不少。你知道吗？

沉默寡言又冷漠，太帅了！差不多是这样。

我的朋友常常问我说，你们两个人在一起都聊什么啊？平常的小事。电视、电影、书、音乐、社团等很多有趣的事。但是我们从来没有一起开怀大笑过。你没有，我也没有。但是我却见过你张着嘴哈哈大笑的样子。

初中二年级时的球赛。拜你在排球队活跃的表现所赐，我们班优胜了。获得决定性的一分时，你真的非常开心地笑了。

高中我当了排球队的经理，虽然也有不跟你在一起就感到不安的因素，但我更想见到你的笑容，但是你再也没有那样笑过了。

你之所以不笑是不是从康孝被欺负开始的？

是因为发生过那种事吧？

要是我处于同样的立场，或许也不会阻止。但我不知道打架的理由，冲进去阻止了他们。因为我无法容忍暴力。我的爸妈你见过很多次，知道他们不是会动手或大声怒骂的人。我虽然不时惹他们生气，但他们从来没有动过手。可以说我对暴力完全没有免疫力。

虽然会在电视或电影里看到暴力场面，但我一向觉得那是跟我无缘的世界。然而小学六年级的时候暴力不再跟我无缘了。我大姑姑的女儿，也就是我表姐到我家来住。表姐又漂亮又温柔，非常疼爱我，我非常期待表姐来我们家住。当时她才刚结婚不久，为什么会来我家住呢？我根本没有想过这一点。

表姐来我家的那天，我以为自己看错人了。她垂头丧气，两眼无神，好像连站也站不稳的样子。表姐怎么了啊？带着表姐来的姑姑并没有在小孩面前说明事情的经过，但我竖起耳朵偷听大人的谈话，知道表姐是躲避她先生所以来我家避难。

“那个人怎么会……”“真是人不可貌相。”大人们这样谈论着表姐夫。结婚之前他们俩一起来我们家拜访过，我也跟表姐夫说过话。

他是个白面书生，看起来十分和蔼，脸上总是挂着微笑，连对只是小学生的我都非常客气。

他们俩都喜欢古典音乐，两人是去听音乐会时刚好坐在隔壁而认识的，交往半年就要结婚。我爸妈还很高兴地说，真是命中注定的佳侣啊。虽然觉得在大公司上班的表姐要辞掉工作有点可惜，但看她幸福的样子，我也真心为她祝福。

结婚还不到半年，怎么就变成这个样子了呢？

是吵架了吗？我以为只是这样……表姐来我家三天之后，那个人来了。表姐夫。他跟来送喜帖的时候一样，带着和蔼的微笑站在玄关。

“我们夫妻吵嘴这种小事麻烦到您们，真是不好意思。”

看他和蔼的笑脸完全无法想象他们吵过架。我爸妈毅然决然地说，“我们知道你的真面目了”，想要把他赶走。

“请相信我。她辞了工作，突然从每天忙碌的生活中解放出来，之前累积的疲劳一口气爆发了，让她情绪很不稳定。她脑海中不断地产生着幻想，将之前压抑的情绪全都当成了我对她施加的暴力。她身上的伤痕是自己造成的。她的确需要休息。但是必须陪她一起渡过目前难关的人是我。我不知道她和岳父岳母说了我什么，所以拜托舅舅舅妈，请劝她跟我一起回家吧。”

那人以非常诚恳的口吻说着，在我家玄关的水泥地上下跪。我爸妈请他到客厅坐，还泡茶招待他，听他要说什么。

“你说要一起渡过难关，具体是要怎么做？”

我父亲问他，他从手提包里取出一个信封，里面是精神科的音乐疗法简介小册子。

这种疗法是听着喜欢的音乐，自己唱歌或演奏让心情平静下来。他说他打算跟我表姐一起参加。

虽然不知道去不去得成，但他已经买了表姐喜欢的钢琴家的演奏会门票，演奏会是后天，他会到我们家来接她。他也把门票给我们看了。演奏曲目中有表姐喜欢的曲子，朋友在婚礼上也演奏过的。我爸妈跟我都觉得这个人是真的担心表姐。

母亲把表姐叫出来，表姐虽然嘴上无力地说着“不要”，还是出来了。她一定是觉得我父亲跟我都在，应该没问题吧。那人抱住表姐，流着眼泪道歉说“对不起，没有好好守护你”。

然后在表姐的脚边跪下，哀求她“求求你相信我，回到我身边吧”。

表姐似乎有点畏惧、有点困惑，满脸不知如何是好的表情。我母亲说：“那就去听听音乐会吧。”她默默地点头。那人流着眼泪跟我爸妈道谢。

“我们从头开始吧。”

他对表姐这么说，然后离开了。表姐虽然有点不安，但看着那人留下来的音乐会传单，表情稍微和缓了一些。她指着喜欢的曲目，微微笑了。

我父亲打电话给姑姑，她虽然好像有点为难，但父亲说“只是去听音乐会，他会来我们家接她，听完了再送她回来，应该没事的”。姑姑也就同意了。

当天表姐拜托我到她家去拿听音乐会要穿的衣服，那是她来送喜帖时穿的纯白洋装。我要趁那个人上班不在家时，放学之后立刻去，在不要跟他打照面的情况下迅速把洋装跟鞋子带回来。表姐还拜托我拿放在珠宝盒最前面的玫瑰胸针，但我忘了。

简单的洋装很适合柔美的表姐，但穿去听音乐会感觉有点朴素。表姐问起胸针我才想起忘记了，但要回去拿的话就会碰到那个人，所以就别了我母亲的胸针。我觉得有点老气，但表姐说是古典音乐，这样稳重的感觉刚刚好。她把胸针别在洋装前襟上。

那个人开车来接表姐，表姐就跟他去了。他说“我们吃过饭，大概十点钟送她回来”。但结果那天表姐并没有回来。我们觉得他们应该是和好了。

这么写下来，自己都觉得我们这种解释真是太过天真。但是，那时还没有可以随时联络的手机，而且家庭暴力并不像现在这样受重视，大家都以为只有看起来暴躁的人才会动手。

过了一个星期之后我才再次看到表姐。姑姑担心表姐，到她家去看她，表姐浑身伤痕累累。她的精神比以前更差，那个人虽然离家上班，她也无力逃走或求救。

我跟爸妈一起去医院，表姐连脸上都又青又紫，眼睛肿成一条缝。她看见我们，一瞬间抖了一下，泪水从肿得睁不开的眼睛里决堤而出。母亲拿出手帕，她扑到我母亲胸前，喃喃说着“不要、不要”，痛哭失声。

“胸针、胸针……”

表姐一面哭一面这么说。姑姑望着她，愤恨地说：

“那人看见她穿着他买的洋装，却没有配着他送的礼物，而别了一个不知哪儿来的胸针，就大声怒吼说：‘是哪个男人给你的？！是在耍我吗？！’就动手打她。”

那好像是去音乐会之前发生的。他在车上看到胸针，就把车停在路边责问表姐。刚才我已经说明过，胸针是我母亲还没结婚的时候自己买的旧物，式样古老，也并不贵重，怎么看也不像男人送的礼物。表姐也说“是舅妈借给我的”，但那个人根本不听。

暴力源于那人异常的嫉妒。他成天疑神疑鬼，完全不听表姐解释就动手。当天那人根本没带表姐去听音乐会，直接开车回家，把她打到晕过去为止。

我在对表姐跟姑姑低头道歉的爸妈旁边哭着垂下头。没有拿胸针是我的错。“对不起”这三个字哽在喉间，吐不出口。我在心里不停地说着“对不起”。

这前言也未免太长了一点。

被一树殴打的康孝在我眼中跟表姐的身影重叠了。我好害怕。虽然跟你求援，但你拒绝了。然而我没法视而不见。表姐在离婚之后仍旧情绪不稳定，无法外出。这可不是觉得害怕的时候。

我冲进去，大声把当时脑中的话说了出来，其实我不记得自己说了什么（从你信里我才知道原来我说了那些话）。我怒瞪着一树。我可能是把一树当成那个人了。我跟自己说我做的事没有错，害怕的感觉也消失无踪。

被女孩子打断一树可能吃了一惊，当天就默默离开了。但从第二天开始，班上所有的男生都开始欺负康孝。动手的只有一树，大家都视若无睹，可能有人觉得这算不上欺负，但对我而言，看到有人在旁边被打得头破血流，袖手旁观的人也是共犯。

一般来说女孩子比较喜欢耍心机，但在这件事情上女生反而比较好。在教室后面或走廊上看见一树打康孝，有人会忍不住哭出来，也有人去跟班主任报告。

但是班主任是个大学刚毕业的菜鸟，只会笑着说男生打架难免嘛，越打感情越好，完全帮不上忙。而且班主任绝对不会在休息时间或放学后到教室来。

所以大家才来找我吧。我一开始只是看不惯有人被欺负，渐渐演变成看到的人会来跟我说。体育馆后面、屋顶、河边，以及镇外一家已经关门的木料店的堆栈场。

不管是在校内还是校外，我都会立刻赶去。一树从来没有对我大声或是动手，但有一次他在离开的时候威胁我说："你要是再妨碍我，就给你好看。"因为周围还有其他同学，我逞强说"谁怕谁啊"。但其实我吓得要命。

我真的打算不管了。但是被逼得走投无路的应该是康孝吧。这是自然。或许被打是康孝自找的，或许是因为他伤害了一树。一树不断欺侮康孝，整个人好像都变了。即便如此，我仍旧无法认可暴力。暴力不只伤害了康孝的身体，也一定在他心里留下了伤痕。

然后那件事发生了。十一月十日。

傍晚康孝把我和一树关在木料店堆栈场的旧仓库里，然后放了火。你虽然救了我，但一树却没有得救。当天晚上康孝从学校屋顶上跳下来自杀了。

我醒来的时候是在医院的病床上。爸妈告诉我发生了什么事，但我连自己在现场都记不起来。我的记忆只到学校脚踏车停车棚为止。脚踏车的篮子里有一封信……我大概看了之后就去镇外了。

你把我从火场里救了出来。但是一树没有得救。一树是你朋友，你却先救了我。

人家说你很酷、面无表情的时候，我都想起是我让你丧失了笑容。每次有人那么说，那天我一定会挠你痒。你笑着躲来躲去，然后一定会问："有什么不高兴的事吗？"

这句话或许应该是我跟你说的才对。就算如此，你也不要回我我每次回你的那句话：

"嗯，没事。"

不可以用这句话把那么多痛苦的事一笔勾销。乘以0就是这样吧。我想看星星，把窗帘拉开发现天亮了。已经七点了！再过一个小时就得去上班！

那里跟日本的时差是三个小时？现在是早上八点，你已经去学校了吧。

希望你今天过得非常愉快。

保重身体。

又，天堂鸟的邮票太美了。我有好多想跟你一起看的东西，一起做的事。

万里子 笔

（我投降了。）

六月二十五日

*

亲爱的：

你好吗？

我也很好——虽然想这样写，但要解释为何一个月都没有回你的信，非得说实话不可。其实我得了疟疾。日本人可能不太清楚，这是被蚊子咬了之后传染的疾病，会发高烧。我发烧躺在床上的时候都在想着你。

或许已经到了不得不跟你说明那件事的时候了。

你阻止康孝被欺负，我一直觉得是因为你富有正义感而且坚强。那次事件是软弱的人彼此伤害造成的悲剧，我认为你完全不必介意。

但是我不希望你想起身陷火场的恐惧，只是这样而已。

但是现在我知道你之所以挺身而出，是因为抱着对表姐的罪恶感，我想象你每次出面干涉时抱着怎样的心情，就觉得自己一直作壁上观真是太丢脸了。我现在才发现之所以跟自己说康孝被一树打是活该，是因为没有前去阻止的勇气。

或许我是用救了你这一件事抵销了当时所有的罪恶感也说不定。就像乘以一个大大的 0 一样。要是你肯接纳我的罪，我想把当天的事情写下来。

康孝侮辱了一树的母亲。他母亲有很多情人，用他们给的钱养育一树。

“你所有的一切都是你妈出去卖换来的。”

一树在脚踏车停车棚揍了康孝。你出面制止。一树离开之后，我跟康孝说要他跟一树道歉。打人是一树不对，但原因在你自己。但是康孝只皮笑肉不笑地说：

“被打了我就知道啦。那家伙果然让人看不起。”

在那之后一树就常常揍康孝。在不知情的人看来，或许都是康孝单方面被欺侮。他毫不抵抗，连鼻血也不擦。但每次先攻击的都是康孝。他会在擦肩而过的时候小声地说刺激一树的话。我跟一树说过，不要理他说什么就好。但中学男生没办法假装没听见那种话吧。

我还从别的渠道听说了一树母亲的流言。是包括我母亲在内的邻居妈妈街坊聚会。然后有一天我听到了出乎意料的事。挥霍财产供养一树妈妈的是康孝的父亲。康孝的爸妈马上要离婚了。

他们因为父母的关系互相伤害。我能做什么呢？我什么也想不出来，时间就这样过去了。一树已经到达忍耐的极限了吧。他虽然用厌恶的眼神看着你，但以前总是默默离开，这次却在大家面前说了威胁你的话。我本应该帮他的，但我只抓住他，说要是对你动手的话决饶不了他。

同时康孝也到达了极限。

你的脚踏车篮子里的信是康孝写的。信放在你制服裙子口袋里，你母亲让我看了。

"我要跟一树和解。自己一人有点不安，希望你来见证。傍晚六点请到木材堆栈场的仓库。"

信上是这么写的。你没有回家，穿着制服就去木材堆栈场。那里是我、一树跟康孝住的地区，跟你家方向相反。我在家门口看见你骑着脚踏车往堆栈场去了。我心想他们又打架了吗?反正我去也没用，就没有跟上你。

但是我想至少可以看你回来，就在家门口等。过了一个小时你也没出现。你回家一定会经过这里的。就在那时我发现了一件重要的事。以前你去劝架都有人陪伴，但今天是自己一个人。

我去了堆栈场，找你、一树和康孝。到了那里我闻到一股烟味，是从仓库的方向传来的。我跑过去，看见烟从仓库的窗口飘出来。你的脚踏车停在仓库前面。我跑到门口，门竟然上了闩。我心想不会吧。

我拉开门闩打开门，火焰就冒了出来。我在烟雾和热气中看见你倒在地上。我不顾一切冲进去，把你抱出来以后，仓库里堆着的木材轰然倒下，堵住了门口。我抱着你拼命跑，到了最近的人家，说堆栈场起火了，请他们叫救护车。仓库的火势蔓延到外面的木材，演变成近年来少见的大规模火灾。附近的居民都围观消防队救火。火势扑灭后已经过了午夜，一树的遗体在起火的仓库中发现。外表已经无法辨识，但一定是一树，因为我在围观的人群中看到了康孝。

康孝和我四目相接，然后就逃跑了。那是我最后一次看见活着的他。

第二天早上，第一个到学校的教务主任发现了从校舍屋顶跳下来的康孝尸体。虽然没有遗书，但从你裙子口袋里的信可以得知是康孝把你跟一树叫到仓库去的。笔迹也是他的没错，我跟警察说了烟从仓库里冒出，门从外面上了闩，以及把你救出来的情况。

康孝大概是要吓唬你和一树，所以把你们关在仓库里，然后放了火。不只是一树，连你也叫了来，可能是因为在大家面前被女生保护感到丢脸。他绝对不是想杀了你们。大概是要你们跟他求饶，求他放你们出来。但是陈旧的木材比想象中烧得要快，他吓得逃跑了。然后知道自己害死了一树，于是跳楼自杀。

这全都是臆测。但是我们已经无法得知真相了。就算你恢复了记忆，应该也没法知道肇事的康孝到底做了些什么吧。

我在火灾现场并没做二选一的抉择。救出倒在门口附近的你就竭尽了全力。我完全没注意到一树在里面，就算一树倒在门口，我也没自信能在火焰中把壮硕的他救出来。

这样你明白了吗？那次事件你完全不需要有任何罪恶感。

我也是，虽然不能说毫无悔恨，但不管怎样悔恨他们都回不来了。一定要归咎的话，就是大人们的错吧。一树母亲跟康孝父亲的流言有多少真实性我们完全不知道。但是大人世界的龃龉导致了孩子们的悲剧是事实。

我想设法拯救成为大人牺牲品的孩子们。分明是抱着这种心情当了老师，过了七年庸庸碌碌的生活，早已将初衷抛在脑后。在日本时的我是跟那时的班主任没啥差别的老师吧。

我看起来面无表情只是因为不太会笑而已。球赛的时候你看见笑容算是奇迹。我从小就被说是冷淡的小孩，所以一定是这样的。我让爸妈把以前的相簿寄给你看的话就可以证明了。

我并不讨厌你突然来搔我痒。我抓着你的手说“有什么不高兴的事吗？”你总是回答“嗯，没事”。我觉得你非常可爱。

0到底是什么呢？

我好像把本地的学校看扁了。我教的学生相当于日本中学的程度，他们使用的教科书跟我们使用的并无多大不同。无论什么数字乘以0都是0，他们也都理所当然地知道。

虽然如此，若是要教他们的话，我该出什么例题呢？我发着高烧时这么想着，你却突然走进屋里。竟然会出现这种幻觉，由此可见我病得很重。

我看见你全裸。要是在我家的话当然再欢迎不过，但这里是医院，好歹穿件内裤吧。我这么说了，你只面露微笑。我正想着这是怎么回事，门又开了，进来的又是全裸的你。我都说了穿件内裤啊，但光溜溜的你又接着进来了。

就在此时我灵光一现。

你没穿衣服。内裤的数目为0。要是有一百个你，内裤有多少件呢？答案是0。

真是，我写的是什么蠢话啊。但是就是如此。乘以0的意思并非把原有的东西消除，而是本来就没有的东西无论聚集了多少，仍旧是没有。

那次事件你并没有错。无论如何调查事实，你没错这件事也不会改变。要是你愿意认可这一点，我也想相信自己没错。0+0也仍旧是0。

这样我们俩可以朝新的1迈进了吧。1变成2，变成3，变成4的话就很幸福了。我不是指内裤的数目，别生气。

多谢你寄来的聚宝盆。

邮件寄到的消息在村里传开，我躺在村中诊所的病床上，房东老太太问了好几次说你的箱子要怎么办，我就说“送你一盒咖喱块，你帮我打开拿来吧”。第二天她就带着做好的咖喱到病房来了。

咖喱的做法好像是电机队员教她的，但她使用的分量不对，味道淡得很。而且配的不是米饭而是芋头。我说谢谢你，但我吃不下。偶尔经过病房门口的护士很高兴地走进来，津津有味地吃了，胡子上都沾了咖喱呢。

两人离开之后我在心里叹了一口气，闭上眼睛。你又浮现在我面前。这次穿着围裙。真可惜，围裙下面有穿衣服。

我有置身于日本的错觉。

放假的时候在你家睡到中午，闻到咖喱的味道睁开眼睛，你穿着围裙，搅拌锅中咖喱。我喜欢悠闲地望着你的样子。

发着高烧，神经紧绷，又闻到咖喱的味道，所以想起你了。我稍微哭了一下。咖喱的味道让我想家。好像可以赋一首小诗。可惜我没这种文采。

电力还没恢复，就这样在大自然中生活，我好像从嗅觉开始，五官都会变得灵敏了。

总之我希望视力不要恶化才好。

英语会话要加油噢。

这里的收音机不知怎的常常放 ABBA 的歌。特别是 *Dancing Queen*。为什么现在还放这种歌？反正很容易聆听，你不妨当听力练习听听看。

明天我就回去工作了。你现在在睡觉吗？我很想念你很差的睡相。

保重身体。

又，寄贝壳给你。据说这是一串香蕉的价钱。

纯一

（我也江郎才尽了。）

八月十五日

*

亲爱的：

疟疾！

你说得好像只是发烧这么轻松，其实是很严重的病吧。竟然有这种潜在的危险。就算我赶去应该也帮不上什么忙，但我现在就想插翅飞到你身边。束手无策真是太难受了。

我因为迟迟没有接到你的来信而烦躁不安，真是丢脸。

我生活在得天独厚的环境里，连病都难得生一场，真该好好反省。我想告诉英语会话社团的人世界上还有这种社会存在。

八月初英语社团的六个人一起去郊游烤肉。阿部先生劲头十足地买了烤肉用具，但男生们连桌子都架不好，火都生不起来。我房间里的家具、电线的配置都是你做的，我以为男人都擅长这个，原来很多人不是这样。

我再度对你充满感谢和尊敬。

我忍着不爽分派女生们的任务，男生们则帮忙切蔬菜。连这也做不好，到底是为什么想要烤肉啊？我真是想不通。一起参加的女生中有人因为有看中的男生，所以很期待今天郊游，她都说出“看来我要重新考虑了”这种话呢。

我不负责准备食材，而是负责烤肉，一直烤个不停。吃的时候男生一直说被蚊子咬了、好热啊，抱怨个不停。虽然如此，吃饱之后又说户外真好啊！完全搞不懂他们是怎么回事。阿部先生说下次去露营吧，但夏天的户外之旅就到此为止了。

要是不想被蚊子咬，就去度假旅馆啊。

对不起，你大病初愈，我就跟你抱怨个不停。

但是我的英语会话有进步噢。

谢谢你告诉我那天的事。我虽然知道你把我从起火的仓库中救出来，但不知道你是因为担心所以来找我的。要是没有你，我的人生真的就在那天结束了吧。

聚宝盆平安寄到太好了。因为你喜欢咖喱所以我常常做，但自从你去P国之后，我一次也没做过。本想很久没做了来做一次，但回过头来你不在，只会觉得寂寞吧。

嗅觉是有记忆的呢。

真是不可思议，烤肉的时候我毫不在意地生了火。那件事之后的第二年发生了阪神大地震，常常听人提起“精神创伤”这个词，但我看见红彤彤的火焰，听到噼啪的声音，闻到烟味，也完全想不起当时的情形。

丧失记忆是否是我的救赎呢？还是你救了我，一直待在我身边，摒除了我的恐惧呢？无论是什么，我再度觉得能这样正常地生活非常幸福。

今日一直在说“再度”呢？

虽然有人私下说康孝跟一树自作自受，但我不这么觉得。怎么能这么想去世的人呢。虽然事件以最恶劣的结果落幕，我并不觉得那两人除此之外无路可走。

要是一树收到的是跟我同样的信，而他去了仓库就表示他有意跟康孝和解。要是火没有烧起来的话——为什么康孝要放火呢？

更重要的是，他是怎么放火的？

仓库是大约五坪大的组合屋，只有一个门。外面上了门闩。此外就是高处有一扇毛玻璃窗户。如果仓库里起火的话，就是康孝把点了火的纸还是什么的从窗户丢进来的吧。

但是康孝的身高应该伸手也够不着窗户才对。或许在外面找了东西垫脚。他是事先计划好要放火的吗？你虽然推测他是要吓吓我们，但仓库里杂乱地堆着干燥的木材，地上也堆积着木屑，就算是中学生也知道一点火星就可以烧起来吧。

要是只是想吓吓人，火势变大就可以逃出来的话，就会把门闩拉开不是吗？之前计划好一切的人会这样惊慌失措吗？在我印象中康孝是能冷静判断情势的人。

康孝是想杀了我跟一树吗？

我或许的确在大家面前让康孝丢脸了。我从没想过我出面干涉康孝是怎么想的。可能是因为我并不特别在乎康孝，只是想阻止眼前的暴力行为，想驱散对表姐的罪恶感，只凭着这种感觉行动。但是这有糟到会让他想杀我吗？他完全不反抗一树，突然之间却想烧死他，除此之外没有什么别的解释吗？

他计划好要杀了我和一树，自己也自杀吗？大人之间的问题小孩或许无法解决，但康孝会觉得大家一起死了就能解决吗？

放火的真是康孝吗？

把我跟一树关起来的或许是康孝，但放火的，不，造成火灾的，会不会是因为一树抽烟呢？我不知道一树抽不抽烟，但不知怎的我觉得那可能是原因——这也是嗅觉的记忆吗？

我周围的人，包括你在内，都没有人抽烟。但阿部先生抽烟。虽然我没有亲眼见到过，但我跟他借的书上有烟味，我问他的时候他说因为抽得很凶，所以不在别人面前抽。

我从阿部先生手中接过书本的时候，突然想起了一树。

那时候心想为什么突然想起了一树，真是不可思议。阿部先生无论外表还是个性都跟一树完全不像。但我也没深入去想。

我一面写这封信，一面觉得那个时候我突然想起一树，可能是潜意识中感觉到一树有烟味也说不定，然后觉得那可能是起火的原因。

我看了你的信，为了整理烦躁不安的心情，所以想到什么就写什么。没能好好地表达真是对不起。

其实现在写的事情我想直接问你。你是怎么想的？要是你的话，或许可以一句话就解决。

但是就算不能立刻获得答案，这封信也会寄到你手上，你会回信给我。我想稍微整理一下我现在的思绪。请陪着我。

如果是一树在仓库里抽烟所以引发火灾的话——蛮难想象抽烟的时候起火，所以原因可能是烟蒂吧。

这样的话我跟一树采取了什么行动呢？

我们有发现被关在仓库里吗？要是发现了的话，应该会设法逃出去。但是也有可能没发现，两个人一起等康孝。然后一树抽烟，把烟蒂扔在地上，点燃了木屑。要是立刻发现的话，或许可以在火势蔓延前扑灭，可能等发现时已经来不及了。

如此一来我们一定会设法逃出。但是门打不开。唯一通往外面的只有窗户。但是我的身高伸手够不着窗户，一树虽然很健壮，但也只比我高一点，八成也够不到。

我不记得那天到底发生了什么事，但仓库一直都是那样没人管，我记得里面有很多木材，但好像没有可以拿来垫脚的。

这样的话就一个人爬到另一个人背上，从窗户出去拉开门闩。

光凭想象好像总有办法。

现实却是我跟一树都倒在仓库中，昏倒是因为吸入烟雾吧。那时候康孝在哪里呢?

要是一直无法得知真相的话，我不想认为火是康孝放的。正是因为他没有放火，才会自杀。因为把我们关在里面，引发了想象不到的大灾难，害死了从小一起长大的朋友，所以怀着罪恶感自杀，你不觉得这样比较像康孝吗?

康孝之所以把我跟一树关起来，可能是以为我能说服一树。每次我干涉的时候一树都好像逃走一样离开了，我从来没跟他好好谈过。

谈过之后或许可以和解也未可知。

这样解释不行吗?

那一天，康孝跟一树都没有恶意。

无论什么数字乘以0都是0。没有的东西聚集多少仍旧是没有。啊，原来是这样啊。

但是我觉得你举的例子有点那个。是转性了吗？应该是真的烧得神志不清了吧。

虽然这么说，我想到你的时候你可都穿着衣服吧？你的面容，如果球赛时候的笑容是奇迹的话，平常的苦笑我也喜欢。但是我最喜欢的是突然转过头，跟你四目相对时你的表情。不是一直凝视着我，而是从远处眺望般的表情。你一直都在守护我，让人安心的表情。

还有你左手的伤痕，是从火场把我救出来时烧伤的。我却毫发无伤。对不起。每次这样你就会抱着我说："你没事就好。"

我分明没有发烧，所以还是就此打住。

我稍微查了一下疟疾，好像罹患过一次也并不能够免疫呢。

请多多小心身体。

我想拿着贝壳去买香蕉。

又，关于星座，除了猎户座之外，同样能看见的还有不少。浪漫星座的象征呢？这里看不到南十字星，真是可惜。

万里子 笔

九月五日

*

亲爱的：

你好吗？我的疟疾已经完全好了，请放心。

工作也算上了轨道，有余力在放学后教学生们打排球了。这个国家的学校没有体育课。连你不会的“伏地挺身”都不知道是什么。当然也没有社团活动。这对学生时代都泡在社团里的我来说真是难以想象。

学生们一开始也都只是玩玩而已，慢慢就认真起来。他们本来体能就很好，力气又大，锻炼一下应该能成为好选手。

我好像比教数学还认真，得稍微克制一下。

你也扩展了活动范围，我觉得很不错，但有件事我有点介意。那个英语会话社团的阿部先生，他好像对你有意思吧。你可能完全没感觉到。

就算这样，我又能怎么办。

我并不是没想过我不在的这两年间，会有别的男人接近你。你说不会理那种人，我也有自信。但是你要是没察觉人家对你有意思，也就不会有所警觉吧。或许这样反而被动地鼓励了人家。这样一来就算告白被拒绝，人家可能也不肯罢休。所以跟你装熟套近乎的人，不管他们的意图为何，你都要保持距离才好。这个阿部先生已经是要注意的人了。

唉！我大大叹了一口气。我这是在写什么啊？

你的计划是我们要好好保存彼此的信，当成两人的纪念品。但是写这种东西的话，想到重读的那一天就忧郁起来。还是说我能微笑地想着当时真年轻啊……

其实，上回的信寄出之后，是不是不该写那天的事啊？我后悔了一下子。但是看了你的信，我觉得写了还是没错。

我一心以为放火的是康孝。你的疑问我虽然也有，但我想不出其他的起火原因，而我分明知道一树抽烟。

一树从小学高年级的时候就开始抽烟了。他也叫我抽过，我试了一根呛得要命，就再也不抽了。那时候康孝也在，跟一树一起抽得很高兴。上了中学之后，两人都对我说“怎么你每天都在长高啊”，我骄傲地说“因为我不抽烟”。这可能是我第一次想起我们三个感情还很好的时候。我想认为火灾的原因是一树抽烟。那天康孝跟一树都没有恶意。

多亏了你，我的心灵也获得了救赎。

还有，这是好事成双吗？村里的电力终于恢复了。但是电话线好像还要花点时间。没法听到你的声音、跟你写电邮，真是遗憾。但终于可以喝冷饮了，谢天谢地。之前因为食物不能保存，所以都只能做每餐吃的分量，真的很麻烦。现在终于可以一次多做一点了。

晚上也可以看书了，我深深感受到有电可用真好。

你寄来的书我也全看了。在日本的时候只要看过的话，除非觉得非常好看，就不会再看第二次。但在这里怀念日本的方块字，反复看了好多遍。以前觉得有趣的娱乐小说看过一次就可以了，重看也不会有什么不同。但现在重看会有新发现，对书中人物的观感不同，因此读后感也会改变。作者发挥玩心的部分之前可能也没有注意到。

我有时一边看一边在脑中变换成英文，这才发现日语真是表现力丰富又深奥的语言啊。

从第一人称就看得出来。私、仆、俺[1]，翻译成英文都是“I”。我突然想到，以前我都自称“俺”，为什么写信就自称“仆”呢？我也没叫过你“君”[2]或“亲爱的”。是不是学了伯父伯母的情书呢？在信里叫你亲爱的让我心里非常舒坦。

说实话，你说要写信的时候，我心想电邮不就好了吗？我的字丑得要命。虽然我的工作得在大家面前写字，但从来没被称赞过。我本来是想就用电邮吧，写信的话半年一次好了。但是我才到任就停电，要跟你说话只能写信。

而现在就算电话修好，我也会极力避免电邮，继续享受跟你书信往返之乐。

电邮的话就不会用“亲爱的”[3]了吧。我第一次知道只有书信才有的表现方式。此外，我也不知道有多少年没有因想不出汉字怎么写而翻字典了。都用平假名当然也可以，你好像会这么说，但严肃的话题全部都用平假名的话，令人担心会不会

1 均为日文不同的第一人称。

2 日文第二人称的一种。

3 此处的第二人称日文汉字应为“贵方”。

语意不清无法传达。不，其实更单纯的理由是不希望你以为我是笨蛋不会写汉字。只是这样而已。

来到这里之前，我感觉你更亲近了。我眼中所见的一切，或许都是透过我心中的你所见的。所以无论什么时候看起来都闪闪发光——请别忘了今天不是凭着烛光写信，而是电灯。

保重。

又，南十字星……要是跟你一起看的话应该会很感动吧。可以跟你互相说好像珠宝盒一样啊！一个人看的话，嗯，不知道怎么说才好。

将南方岛屿的珠宝盒献给你的纯一

（是不是有点太过火了？）

九月二十五日

*

阿纯：

阿纯，救我。

那天晚上发生的事一直在我脑中打转……

放在脚踏车篮子里的信。

康孝工整地写下的，“跟一树和解”这几个字。

我骑脚踏车去堆栈场的途中，看到了阿纯。

我意识到，原来这里是阿纯的家啊。

我骑车进入堆栈场，在仓库前停下。

开门走进去，一树在里面。

他坐在横倒在地上的木材上抽烟。

他把烟蒂扔在脏兮兮的地上踩熄，问道：“你怎么来了？”

我把信拿给他看。

一树啧了一声，给我看他收到的信。

“我知道你跟你母亲不一样，我想为之前的恶言道歉。”

上面写的大概是这样。

我们俩一起等康孝。

我坐在门旁边的木材上。

我们都没有说话。

因为我还是觉得一树很可怕。

约好的时间过了三十分钟，康孝还是没有来。

太阳下山了，仓库里也变暗了。

“搞什么鬼？”一树说着站起来。

他打算回去了。

他用力推门，但门只微微动了一下，并没有打开。

他用力摇晃门，门还是没有开。

他说：“我们被关了。”

我也用力推门，但是推不开。

“开什么玩笑，康孝！”一树怒吼着踢门。

我好害怕。

一树拿出烟开始抽。

“正义的代表不阻止我抽烟啊？”

一树对我说。

“我不觉得是好事，但总归不会伤害到别人。”

这么一说一树就把烟往地上一扔，抓住我的肩膀。

我怕得缩了一下，一树突然放开我说：“喂，从那边出去吧。”

他指着窗户。

我心想够不着啊，要怎么出去？

一树趴在窗下说：“门不是用钥匙锁住的，应该是外面拉上了门闩吧。你从这里出去把门打开。”

我照一树所说，脱了鞋子爬到他背上。

把手往上伸也只勉强够到窗框。

窗子打开了……但是出不去。

因为我不会引体向上。

虽然可以摸到窗框，但没办法把身体撑上去。

“可能我当踏脚台比较好吧。”

我从一树背上下来这么说。他说我撑不住他，然后要我骑在他肩膀上。

我没法说我穿裙子不想骑。

我骑在他肩上，用手攀住窗框，移动一只脚，突然失去了平衡……应该是摔在地上撞倒头昏过去了吧。

以上是到前天晚上为止想起来的部分。

恢复记忆虽然很可怕，但我把想起来的部分跟你的信对照，心想：啊，原来如此。

今天我也想着阿纯闭上眼睛。

睁开眼睛的时候我躺在仓库的地上。

在朦胧的黑暗中，好像看见了某人的背影。

我以为是一树，但比较高……一只手上拿着沾了血的木材。

一树倒在那人脚边。

一树涣散的眼神望着这里，我又开始意识不清了。

阿纯，救我、救我、救我。

我看见的到底是什么？

我该怎么办才好？

我希望你告诉我这只是个噩梦。

求求你，阿纯。

万里子

*

致万里子：

这应该是我写给你的最后一封信了。

你看见的并不是梦。那天你看到了真相。

我知道这一天总会到来。每次你在信里询问那次事件，我都烦恼应该如何回答。

是该说实话呢，还是该说谎话呢？我没有说实话的勇气。既然如此就说谎，那是百分之百的谎言，还是百分之五十的事实和百分之五十的谎言，或者是百分之九十的事实跟百分之十的谎言呢？

你虽然失去了记忆，但一直到高中毕业都住在那里，表面上的事实应该多少有所耳闻。要是全部说谎的话应该一下子就穿帮了吧。所以我掺杂了些许谎言。

我也憎恨一树。理由跟康孝相同。我父亲也迷上了一树的母亲。现在虽然知道因此憎恨一树是不对的，但对当时的我来说这样的理由绝对就足够了。而且抱着同样的心情，恨意更深的康孝就在身旁，我要怎样发觉这是不对的呢？

对一树的恨意随着他动手打康孝而越来越深。你可能会觉得那这样的话就阻止他们啊。但我也并没有维护康孝的意思。反而是默然看着渐渐被大家轻蔑的一树，感觉挺爽的。

每次你去阻止，他就愤愤地离开，我总是对着他的背影说“活该”。

那天我看见你前往堆栈场是事实。你的记忆并没错。我担心你在家门口等也是事实。

我信里并不是满纸谎言。过了一个小时你还没回来，我也去了堆栈场。我看见你的脚踏车停在仓库旁边，仓库的门上了闩。

我以为是你和康孝被关在里面。我开门进去，你倒在门口附近，一树站在窗下。我问他你怎么了，他说：“从窗口跌下来了。”但是他并不担心你，反而在生康孝的气。他说要去把康孝揪出来，揍得他满地找牙，以后不敢再干这种事为止。然后他侮辱了康孝的父亲。跟康孝侮辱他母亲差不多的话。一树辱骂了康孝的父亲一顿之后，转而对我说：

“你老爸也一样。”

他脸上浮着轻蔑的微笑。好像是把想说的话都说满意了吧。一树转身背对着我，打算离开。我捡起脚边的木材，用力朝他的后脑打下去。

等我回过神来，他已经倒在地上动也不动了。

怎么办才好呢？我在黑暗中看见脚边的烟蒂。我知道是一树的。我从他裤袋里拿出打火机，搜集了一些木屑点燃。火势蔓延得比想象中要快，我确信这样就没问题了。我的手就是那时候烧伤的。

我抱着你跑出去，看着火焰吞噬仓库，然后到离堆栈场最近的人家求救。

之后就如之前所说的那样了。

我本来觉得大家会认为是一树抽烟引起火灾，但从你裙子口袋里的信得知是康孝把你们俩关起来的，那样放火的嫌疑就落在康孝头上了。第二天早上发现康孝自杀，更加强了他放火的说法，真正的原因便无人追究。

康孝自杀是因为他把一树关在仓库里，不管起火的原因是什么，他都觉得是自己害死一树的吧。杀死一树的是我，康孝的死也是我害的。

我杀害了两个从小一起长大的朋友，我是最恶劣的人。

没想到你竟然看见我打死了一树。

我进入仓库的时候你已经昏倒在地，我想你是不知道真相的，得知你不记得事情经过，我还是松了一口气。但我觉得不能掉以轻心，直到案件过了时效之前，都得盯着你。

你浑然不觉我的不安，遵守着与我的约定，非但没有恢复记忆，连那件事都绝口不提。你相信是我把你从火场中救出来，百分之百地信赖我。我觉得应该已经没问题了吧，就不想再监视你了。

我之所以参加国际志愿者是为了要逃离你。知道这里治安恶劣时我不禁失笑，这不是正适合我吗？

没想到你信里竟然提起当时的事。我以为我隐瞒得很好，你却目击了当时的情况。

夺人性命的重罪就算用谎言也不能化为无形。我才跟你说明乘以0不是这个意思，自己却搞不清楚。我真是太愚蠢了。

我该如何了结这件事呢？

就算去村里的派出所也不能解决。

只不过，这封信寄到你手中的时候，时效应该已经过了吧。

也就是说我自由了，你也自由了。

祝你幸福。

别了。

纯一 草

十一月五日

*

致最爱的你：

希望你能收到这封信。

我有非得跟你报告不可的事。我已经完全想起来了。首先我得先回溯到写上封信之前的事。

英语会话社团的阿部先生如你所言，对我有意思。他对什么人都很好，我本来不觉得他对我有什么特别。自从夏天那次烤肉之后，他好几次邀我跟他两个人一同吃饭。我跟他说我有交往的人，他说公司里传言说我是一个人，我就跟他说你参加国际志愿者到P国服务了。

但这样好像反而不好。知道我周末有空，英语社团的人就找我一起吃饭。我想有别人在应该没关系，所以就去了。阿部先生坐在我旁边，突然开始抽烟，我觉得很不舒服就早退回家。

从那天晚上开始，我一闭上眼睛，那天的影像就片断式地浮现在面前。一开始我以为是梦。因为读了你信里写的当天的事情，所以在梦里出现了吧。脚踏车的篮子里有封信。我骑车去堆栈场。途中看见你。

但是影像渐渐变成并非从你那里得知，而且你也不知道的场面。一树抽烟的气味，我穿着袜子踩在他背上要开窗时脚底的触感，都鲜明得不像是梦境。我确信这是我实际的经历。

然后我想起你手持木材的背影，不知如何是好，于是写了那封不成章法的信给你。

在那之后一个星期，阿部先生说我好像没精神，要不要去吃点好吃的，我说好。我分明不太会喝酒，却喝了不少。我不能否认这是自暴自弃。阿部先生扶着摇摇晃晃的我上了出租车，把我带到他家。到家之后阿部先生抽了一根烟。我呆呆地望着他在烟灰缸中捻熄烟蒂。他突然扑过来抱住我，把我压倒在地上，我拼命抵抗，他打了我一巴掌。在那个瞬间，我封印在最深处的记忆恢复了。

我猜我回想起来的时候大声尖叫了吧。阿部先生把我一把推开，用厌恶的眼神望着我，叫我快点滚。

现在我不用闭上眼睛，也能鲜明地回想起那天的事。仓库里发生的事。一树让我骑在他肩膀上，我用手攀住窗框，伸出一只脚转换身体重心的时候，一树突然用力抓住我的腰，把我拉下来。他趴在我身上，把手伸到我裙子里，我死命挣扎。但是我的力气完全不敌他散发着烟味的壮硕身体，我破口大骂。他用力甩了我一耳光——我觉得自己要被杀了。

我抓住手边的木材，拼命挥舞，一树从我身上退开，我站起来用力打他的头。他跪在地上，我又打了他一下，他就倒地不动了。

好可怕、好可怕、好可怕、好可怕。我的脑子大概决定要假装这一切都没发生，就失去了意识。

不知道过了多久，我睁开眼睛，看见一个高高的背影，是你。我想你手上拿着的木材是我用来打一树的那根。

杀死一树的是我。你知道是我，所以放了火替我遮掩不是吗？

康孝以为是自己害死了一树，所以自杀了。他的死也是我的错。

害死两位同学的是我，我也知道自己为什么会丧失记忆了。我的神经没细到只是因为被关在仓库里然后发生火灾就会丧失记忆的程度。

我觉得这件事必须第一个跟你说才行。但是我没法下笔。

我后悔寄出了上一封信。要是没那封信的话，我们俩之间这件事就已经解决了吧。我可以假装没有恢复记忆，继续和你通信，等待你归来。

就在我无计可施的时候，你的信寄到了。我好害怕不敢开封。我之前几乎间接说了一树是你杀的，你可能会生气，或者是指控我说根本是你杀的，我以为你会说出真相。但我觉得那样的话我恢复记忆反而比较好。

要是在我自己想起来之前，由你告诉了我真相，我一定无法承受。我鼓起勇气打开了信封。

里面没有一句真话。全都是谎言。

你杀了一树，逼死了康孝。为什么要说这种谎呢？为什么要为了我这种人撒谎呢？

你说恨一树也是谎言。

昨天我打电话到你家去，询问“家族访问之旅”的事。他们说要是我不能参加的话，那就过新年放假时大家一起自费前往好了。那时候令堂说令尊在你国中三年期间也在海外工作。所以她也跟我说两年很快就过去了。

你一定是觉得自己需要有杀死一树的动机，所以才编出那种故事吧？贬低自己的亲友，就算是谎言应该也难以出口。

对不起。对不起。对不起。

我害你说了谎，对不起。剥夺了你十五年的时间，对不起。

对不起——我这么说是不是很狡猾？

我一直在说对不起，但我心里充满的并非歉意，而是对你的爱意。我知道我已经不能再说这种话，就这样把所有的心情都寄托在“对不起”上吧。

这是我寄给你的最后一封信了。

此后会怎么样还不知道，但我绝对不会做让你担心的事，这请你放心。这封信的语气跟文风都比之前稳重多了不是吗？

真是不可思议。

比起你是杀人犯，我更能冷静地接受自己是杀人犯……

对了，我也可以说谢谢你吧。谢谢你陪伴了我十五年。谢谢你保护了我。谢谢你为了我说谎。

你没有犯任何的罪。无论你说多少谎言，仍旧无法把罪揽在自己身上。乘以 0 就是这个意思吧，纯一老师？

你所教授的知识，在你回国之后也会一直留在那些孩子心中，直到永远。

请善自珍摄。

万里子 上

十一月二十五日

*

致万里子：

这封信能寄到你手上吗？

电话线终于修好了，但这次好像是你换了号码。电话和电邮都无法联系到你。还是只好寄希望于给天堂鸟的邮票了。

既然你已经全部想起来，那就不该是最后的一封信。因为我的那封信里，除了被你看穿的谎言之外，还有其他的谎言。我必须把事实告诉你。这封信全部都是实话。

你说我没有犯罪，但我却犯下了比你大得多的罪行。

那一天，我在堆栈场的仓库旁看见你的脚踏车，却没有立刻去门口，而是绕到了仓库后面。这件事我是局外人，觉得不好堂堂正正从门口闯进去。

我蹑手蹑脚绕到后面，窗户是开着的。我站在窗下，看见脚边有个木箱，箱子旁边有两根烟蒂。除了我之外还有人来过这里吗？我一面想着，一面侧耳倾听窗子里传来的声音。但是完全没有讲话的声音，也没有一树使用暴力的声音。是不是没人在啊？大家都回去了吗？但是你的脚踏车停在前面啊。

我站在木箱上，窥视仓库里面，看见有人倒在地上。是一树。他睁着眼睛，侧着头趴在地上，头上流着血。我急忙绕到门口，门上了闩。我拉开门闩进去，看见你倒在地上。

你蜷成一团，面颊红肿，上衣的扣子一直开到胸部下方。

但是你有呼吸。我进去检查一树，他没有呼吸了。一树的旁边有根木材，我捡起来，看见上面沾了血。

是康孝干的吗?

他把你跟一树叫到仓库，袭击你们之后把门闩上逃跑了，我心里这么想着。你睁开眼睛大概就是这时候吧。你可能只记得自己睁开眼睛看到我，但你还跟我说了话：

“阿纯，救我。”

这虽然也可以解释成你遭到了袭击，但那时我就确定打死一树的是你。我也知道康孝应该是预测到一树会这样对付你，才把你们两个关在一起的。

要是这封信里不全是实话的话，我可能会写说我进入仓库的时候，一树还有呼吸，我应该送他去医院的，但却没有这样做。但是无论我说什么谎，都无法拯救你吧。所以我不说谎了。

我转过头去，你已经闭上了眼睛。所以我觉得你不是真的看见我在这里，而是无意识中向我求救。你从一开始就一直跟我求救。或许在霸凌事件开始之前，你就觉得我对你是必要的。

我要怎样才能不让你成为杀人凶手呢?

就让一树意外死亡好了。

在那之后的情况我已经说过了。火灾是因为抽烟引起的，一树是被烧死的。我设法让他头上的伤看起来像是木材倒下来时砸到的，我把横放在地上的木材靠墙立着，把木屑集中到下面，从一树的裤子口袋里拿出打火机点了火。我的左手烧伤就是那时一根木材朝我倒下来造成的。

我把你送上救护车，也治疗了烧伤，跟警察说了之前信里写的那番话。警察从你裙子口袋里的信，以及被叫来的班主任处确认了霸凌事件，根本没有人怀疑我。警察放我回家的时候已经是深夜零时了。我没有回家，而是去了康孝家把他叫出来。

我有非跟他确认不可的事。

堆栈场的火终于扑灭的时候，我们家附近已经跟菜市场一样嘈杂。甚至有人开车来看热闹。我们俩避开人群朝学校走去。提议到屋顶上去谈才不会被人看到的是我。

康孝很害怕，虽然害怕但还在虚张声势。

“那可不是我的错。”

爬上楼梯到屋顶的时候他一开口就是这句话。我跟他说：“她的裙子口袋里有给她的信。那是你把她叫去的证据。”我在放火之前把你上衣的扣子扣起来，是那个时候发现你裙子口袋里露出了信封的一角。

“我只是把他们俩关起来而已。”

康孝考虑过要如何才能让一树受到最大的羞辱。那就是让他袭击你。但这种计划能成功吗？一树威胁你说“你要是再妨碍我，就给你好看”。有很多同学听到了。要是把你们两个一起关一晚上，不管实际情形如何，大家都会觉得一定有什么事吧。但是康孝确信一树会对你出手。根据康孝的观察，自从大家同班之后，一树一直在注意你。他甚至还说一树可能是因为想让你来干涉，所以才接受他的挑衅的。

“他要是以为女人都跟他妈一样随便让人上，那就大错特错了。”

康孝虽然知道一树已经死了，而且是自己害死的，但却仍以高高在上的态度嘲笑他。

“闭嘴，你这个杀人凶手。我有你放火的证据。”

我从裤子口袋里掏出一个烟蒂。那是康孝抽的牌子。康孝面色发青沉默不语。他知道这是他丢在仓库后面窗子底下的吧。我把你从仓库抱出来以后，把你放下，绕到后面去捡的。

我为什么要这么做呢？看见烟蒂的时候我就想是不是康孝的啊。放在那里的木箱也是。

那个时候我并不在乎，然而知道你打死了一树，我就不能不管了。

康孝是什么时候在那里抽烟的呢？烟蒂有两个，这样的话他应该在那里待了好一会儿吧。要是他知道打死一树的是你可怎么办呢？

所以我才把康孝叫出来。

“你是什么时候在那里抽烟的？”

“等他们俩的时候。我在仓库后面等，他们都进去以后我就把门闩拉上，然后回家了。”

“你确定有把烟蒂踩熄吗？”

只知道自己设下的陷阱捕获了猎物，兴高采烈地到仓库门口去闩门。他并不知道起火点是仓库里面。我跟警察说了七点左右去仓库的时候看见起火，从时间上来说康孝的烟蒂的确有可能引起火灾。

“你不仅把他们两个关起来，火灾也是你的错。”

我对着发抖的康孝毫不留情地大骂。

“你是纵火杀人犯。就算还未成年，也会受到重罚吧，你这一辈子都非得赎罪不可。”

说完我就转身离开，留下康孝一人在屋顶上。我去了你住的医院，跟你说不用担心，一切有我。

我是先听说你失去了记忆，还是先得知康孝从屋顶上跳楼自杀呢？

杀害康孝的人是我。

分明只要确认他是何时在那里抽烟的就好，我却故意把他逼得走投无路。

我看了你的信，才知道康孝写给一树的信的内容。康孝虽然对我虚张声势，但其实可能只是想赌一把而已。要是把你们俩关一夜，什么也没发生的话，他就跟一树道歉。

我这么写好像会伤害到你，但我希望你不要蔑视记忆中的一树。我们第一次发生关系是在那次事件之后的三年。分明我该好好对待你，但你抚摩着我手上的伤痕说“对不起”，我忍不住拥抱了你。光是拥抱还不够。那时我的心情，跟把你从肩上拉下来时一树的心情，应该是相去不远的。

你跟我的罪都不是０。

但是你的罪已经过了时效。我却还没有。离开日本的时间是不算的。这个事实让我非常满意。

为什么呢?

从刚刚开始外面就很吵。好像很难得地有观光客来了。平常我都是晚上写信，但刚刚收到你的信，看了之后我等不到晚上再回了。本来想望着窗外的星空写这最后一封信，但现在我看见的是朝这里走来的房东老太太。

她大声地叫我的名字。

好像带了人来。

我仍然希望她带来的人是你，就这样放弃的话太逊了吧。

我爱你。

今天的这封信里没有半句谎言。

纯一 草

十二月十五日

续　一年后的联络网

正晴：

你好吗？我作为国际志愿者到T国工作已经快一年了。想到我那位去P国工作的室友，不知道他现在怎么样了，所以我久违地提笔写了这封信——这不过是客套话罢了。我真正的意图，或许是想找个人来倾诉一下我现在的心绪。

在我们同一批入队的五个人中，我是目前为止唯一一个没有向志愿者事务所提交过伤病报告的，我对此还颇为自满，没想到明天连我也不得不提交了。

因为嵌甲。

我的脚可能天生就有些问题，小时候，右脚大脚趾指甲的两边总是一个劲地往肉里钻。不过，只要每周用专用的指甲钳把指甲两边剪得整整齐齐的就没问题了。

说起来，在训练所时你还向我借过一次指甲钳吧？你见我的指甲钳连指甲两边都能剪干净，不停地谢我，不是还说要买一把一模一样的带到你的派遣国去吗？

我也把我的那把带来了。T 国的人总来找我借东西，但“借给”他们基本和“给”他们没什么区别，所以唯独指甲钳我是绝对不会外借的。

但不知为什么，我从上个月起就找不到我的指甲钳了，我明明记得把它放到桌上的盒子里了。没办法，我只好又去镇上的杂货铺买了一把，虽然很难用，但聊胜于无，于是将就着用了几次。回想一下，肯定是这个原因导致我的指甲没有剪干净。

四五天前，我的指甲长进了肉里，脚趾开始红肿，还有些痛，但不至于影响日常生活，所以我连毒都没有消，就那么放任下去了。

正晴，看看你自己的脚吧。虽然我们在不同的国家，但我想我们的情况应该差不多。你是不是也每天淋浴，但脚依然黑得洗不干净呢？我们工作时虽然都穿着鞋，但工作以外的时间却总是光脚踩着人字拖，所以连脚指甲缝中都塞满了泥。

即便脚趾肿了都不好好清洁双脚，我这也算是自作自受吧。

昨晚我正睡着，脚尖忽然传来一阵剧痛，我随即惨叫着从床上蹦了起来。当时我一定发出了“哇呀——”之类的怪叫吧，睡在我床上的吉古受了惊，“呜呜”地朝我低吼起来。

我脑子里只剩下了疼，不住地在床上打滚，根本不知道发生了什么。明明睡前脚趾还不怎么痛的。

总算挣扎着起来打开灯后，我发现右脚的大脚趾足足肿成了一个球，胀起来的皮肤盖住了半个指甲，指甲缝中流着脓，看着恶心极了。要是能把那样子拍下来就好了。算了，就算想照相，我那时肯定也抖得什么都照不清。

为了能减轻一些疼痛，我从日本带来的急救箱中翻出头痛药吃了。接下来只要再减轻一下脚趾的痛感就好了吧，我想。于是我用洗脸盆接了一盆冰水，把脚浸到了里面，终于放松了下来。

我就这么泡着脚等到了天亮。

之前在房间一角窝成一团的吉古靠了过来，它是在担心我吗？我正感动着，结果它津津有味地喝起洗脸盆中的冰水来，之后又到桌子上团成一团睡过去了。唉，谁让人家是猫呢。

此刻，就在我给你写信时，它正在我脚边玩着橡皮呢。

天一亮，我就拖着病脚去了诊所。结果医生说要做手术，让我下午再去。我从小就没有过什么大伤大病，如今却要在异国他乡做手术。我第一次体会到了“紧张”这个词的意思。

我不敢一个人去做手术，幸好有同事塔尼埃拉陪我，让我放心了很多。

手术开始……

我按要求坐到一把牙医椅一样的椅子上，右脚前部被打了麻药。

随后，我发现医生拿出来的工具居然是一把裁缝剪刀。这位医生是德国人，我从小学家政课结束后就没再见过裁缝剪刀了，所以这可能只是一把长得像裁缝剪刀的医用剪刀吧，我想。然而不论我怎么看，那剪刀都像是刚从裁缝工具箱里拿出来的。

医生张开剪刀，对着盖住我指甲的皮肤"咔嚓"一下。

我痛得眼冒金星，就像还没打麻醉药一样。

我想起来，上学时有个家伙在研究室里打翻了一整瓶氯仿。起初是我们五个人一起拿抹布收拾，结果不知不觉间屋里只剩了我一个人，其他四个人早就青着脸跑了出去。当时教授对我说："你如果哪天需要做手术，可能会很麻烦哪。"难道他的意思是我对麻醉药的耐受性很强吗？我居然才意识到。

恍惚中我看向自己的脚尖。在令人麻木的剧痛下，不论是粘在剪刀上、像维也纳香肠的切片一样的皮肤，还是压在伤口上、被染得鲜红的毛巾，都没让我的思想产生任何波动。然而医生接下来拿出的东西，却让我怀疑起自己的眼睛。

宽胶带。或许，那也只是长得像宽胶带的医用胶布吧，我想。然而不论我怎么看，那都像是用来捆纸箱的黄色宽胶带。

医生往叠得厚厚的纱布上涂满了某种黄色软膏，之后将纱布扣在用裁缝剪刀剪开的伤口上，最后用宽胶带粘了几圈做固定。没有绷带，也没有任何别的替代品。胶带就那么直接粘在了我的脚上。

手术结束……

等在候诊室的塔尼埃拉见到我的脚后“呜哇”地叫了出来。(不是恶心干呕的那种声音，是在表示“这是什么情况？”)他似乎很可怜我，尽管我说不用，他还是把我背回了家。

我感觉就像到了《格列佛游记》里的巨人国一样，贴在塔尼埃拉宽广的背上感觉十分舒畅。但是看着自己在艳红的晚霞下的身影，我心中又莫名地空虚起来，不禁问自己“我到这个地方到底是来干什么的？”我本来想请和我住得很近的护士组队员梨惠到我家来，向她倾诉一下我内心的空虚，但她好像有个在日本当高中老师的未婚夫，所以我就只能一个人孤单地坐在书桌前，给你写这封信了。

在首都工作的队员们带了电脑来，所以和亲友联络基本上发电邮就可以搞定了。不过偶尔写写信也不错嘛。

只是落笔写成文字后，那些原本觉得了不得的事却都显得微不足道了。

我居然找到指甲钳了。我刚刚去捡被吉古滚到地上的橡皮，向桌子下面深深的缝隙里看了一眼，结果发现我的指甲钳就掉在那里，另外还有汤匙和硬币。真是张有收集癖的桌子啊。好了，这下应该不用再做一次手术了。

脚上粘着胶带看起来果然还是有点恶心，不过只要自己拆下来换成纱布就不会影响工作了。下下周的友谊棒球大赛应该也能赶得上。那可是我们和美国队的宿命对决！

听说P国那边正流行疟疾，你要注意身体啊。

支援工作只剩一年了（要申请延长吗？），我们一起努力吧！

近藤亮介

亮介：

久违了。嵌甲还真是不得了啊。

我这边正在召开每年一度的志愿者全员大会，我们都到了首都，享受着在城市里的生活。

一直以来我都住在世外秘境里，获取蛋白质全靠一种巨大的肉虫。我曾经在给女友和家人的信里说，油炸肉虫的味道就像芝士烤虾。但昨天，调度员吉元先生邀请我和同一批入队的队员们到他家做客，吃过他的夫人给我们做的真正的芝士烤虾后，我才意识到我撒了个弥天大谎。

我们还吃了卷心菜、炸鸡块和土豆沙拉。在日本这些都是再平常不过的食物，但对现在的我们来说却是最美味的食物。

我们互相汇报了近况，纯一说他得了疟疾。而且他刚一到任就遭遇了气旋，一连好几个月都没电可用。我见他的遭遇比我还惨，出于同情把我的炸鸡块分了一块给他……

饭后我们一起喝酒时（上一次喝酒也不知道是什么时候

了，感恩），吉元先生透露说纯一的女朋友要从日本过来找他。纯一可从没说起过这件事。于是我强迫他说：“看在那块炸鸡的分上快给我说！那可是我们盼了一年的肉啊。”纯一这才吞吞吐吐地说出了几个振奋人心的消息，比如他女友会搭运邮件的船来，又比如他女友会带上大把的咖喱块。所以我想也得跟你说一声。

一个女孩第一次独自一人从日本到P国来，肯定是很难的，她真了不起啊。

我也真的很羡慕纯一。

亮介你身边有很多女队员吧？而且在T国的男队员也不多，应该会有很多机会吧？你们的棒球大赛听起来也很有意思。

我们这边的队员们全都和另一半进行着跨越大陆和海洋的远距离恋爱。一边在非洲，一边在东亚，连通我们的只有书信。不过在今天这个日子里，我开始觉得这样也不错了。下一封信，我准备和你说说T国画着香蕉和菠萝的邮票的事。

这封信就先到这里吧，回到村子里后我会再给你写信的。

我也希望亮介能不要总想着什么“只剩一年”（我应该会申请延长的），继续给我写信吧。

毕竟信是我最大的力量源泉。

三浦正晴 草此